アナログ

ビートたけし

JN018979

集英社文庫

アナログ

「今はクライアントのニーズがドラスティックに変化するので、我々はプライオリティーを優先して考え、客のコンセンサスを取りつけ、そのイシューに、素早くフレキシブルに対応するツールとグランドデザインを考えなければ……」

また上司の岩本が広告代理店のバカ社員のように、本人も意味さえ分かっていないカタカナ語を連発している。

会議の中身は、うちのデザイン会社で手掛けるイタリアンレストランの改装の件で、店内のテーブルや椅子の配置や色使いなど、ごく平凡な仕事の内容である。

水島悟の勤める清水デザイン研究所は、大手ゼネコンが筆頭株主の設計会社の一部門である。研究所は東京と大阪に支社があり、工業デザインを主として喫茶店の内装からホテルのフロア、ショッピングモールのデザインまで幅広く手がけている。

初代会長の清水一郎は、昭和初期に工業デザインやインテリアに目を付け日本におけるその分野の先駆者と言われた人物であり、この会社は清水が晩年に大手ゼネコンと手を組んで立ち上げた。社長、専務などはその大手ゼネコンや役人の天下り、それ以外の上役はほとんど清水の身内で固めている。

　現在、清水デザイン研究所東京支社を切り盛りしているのは、もっぱら悟の上司の岩本である。岩本は画家志望だったが、東京芸大に落ちて某私立大学の芸術学部に滑り込み、卒業後、親のコネでこの会社に入ったらしい。

　岩本が熱弁をふるっているわりに何も具体的に話していないので、部下（といっても四人しかいないが）の我々もただ聞いているだけで、どう自分の意見を言ったらいいか分からない。それでも悟以外の三人は岩本の意見を、一言も聞き漏らすまいというような姿勢で拝聴し、わざとらしくいちいちうなずいている。それはまるで、信者の少ない宗教団体の教祖の説法のようだった。

　その時、悟の携帯の着信音が鳴り響いた。

「はぁ〜あの日ローマで〜眺めた〜月が〜♪　あ〜ちょいとね♪」

　三波春夫の「東京五輪音頭」だった。誰もが膝から崩れ落ちるような歌声。ちょっと前までは「電話だよ〜、電話だよ〜」と繰り返す何のひねりもない着信音だったが、高校時代からの悪友である高木淳一に、「お前、インテリアデザインをやってんだろ。もうちょっとセンスのある着信音か、どうせならもっと笑わせる音にしろよ！」と言われて替えたばかりだった。まさかこんな時に鳴るとはタイミングが悪すぎる。一瞬高木を恨んだが、マナーモードにするのを忘れていたのは自分のミスなので、どう謝ろうかと思案する。

しかし、他の三人が下を向いて必死に笑いをこらえているのがチラッと見えたあとは、悟も笑いをこらえるので精一杯だった。そこで、「すいません」とだけ言って着信を切った。

笑いは悪魔だ。どんなに緊張した場面にも登場のチャンスを狙って見逃さない。

岩本にも三波春夫の「はぁ〜あの日ローマで……」が大分効いたらしく、怒りと笑いの混ざり合った妙な形相になっていて、悟はさらに込み上げる悪魔と戦う羽目になった。

「おい水島！　大事な会議の時はマナーモードにしておくべきだろ」

同僚の坂上が昔の学級委員のように注意してきたが、わりかしシャレの解る今村と吉田ひかりは、まだ笑いをこらえて下を向いていた。

「水島、電話なら向こうで話してくれ」

その場の空気を断ち切るように岩本が、いつもの真面目くさった顔に戻って怒ったように言うので、窓際に退散し携帯を見る。悟をこんな目に遭わせた張本人、高木からの電話だった。会議室には相変わらず岩本の、コストとベネフィットの関係とかキャパシティとかトリコロールとかいう言葉が響き渡っている。

窓際でこっそりかけ直すと、高木と悟、それに山下良雄というういつものメンバー三人で仕事が終わり次第、久しぶりに飲みに行こうという。広尾にある喫茶店「ピアノ」で待ち合わせることにした。

ピアノという喫茶店は上司の岩本がデザインした店ということになっているが、実は悟と吉田ひかりが大体の部分を担当した。業界の噂では、岩本がデザインした店は長続きしないと悪口を言われているらしいので、複雑な心境である。

ピアノは場所がよかったこともあって、固定客がつき経営も安定している。店がオープンして以来、年に二、三回しか行ったことがないが、いつも大体席がうまっている。

高木達がなんで広尾で待ち合わせようと言い出したのかは分からなかったが、またそれなりの味で安い店を見つけたのだろう。

携帯を切って会議の場に戻ると、岩本が声を張り上げて悟を睨みながら嫌がらせのように、「みんな、もっと新しいコンセプトにチャレンジしてクライアントにコンセントさせてくれ」と言って会議が終わった。

坂上と今村はいかにもやる気を見せたように、デスクに戻ってインテリアの専門誌や新素材のカタログなどをめくっている。その時、同僚の吉田ひかりが「水島さん、今日はデートの約束？」と聞いてきた。

携帯の会話で相手が男だと分かっているだろうに、わざとらしい。実は、吉田とは二年ほど付き合っていた時がある。悪い娘《こ》ではなかったのだが、自分には年を取って施設に入っている母がいるし、このまま中途半端に付き合っていてはいけないという思いが強くなり、将来の不安が募った。同じ仕事場の女性と付き合っているということにもちょっとした後ろめたさを感じていた悟は、数年前に別れていた。

「いや、悪友と駅前で焼き鳥と焼酎だよ」とさりげなく答えて自分のデスクに戻り、チラっと彼女の方を見ると、何か会話のきっかけをつかもうとして話しかけ、適当にあしらわれたことに腹を立てたようにオフィスから出て行った。

彼女を見送りながら、俺もひどい男だな、これからはもっと優しい男を演じようなどと身勝手な空想に浸ろうとしたのも束の間、また携帯が鳴った。

鳴ったといっても今度はマナーモードにしていたので、ポケットの中でビービーうなっていたのだが、着信の主はまたも高木だった。ちょっと一時間くらい遅れるから、先に行っているか時間を調整してくれとのこと。

悟にとってちょっと待つくらいどうでもいいのだが、今は便利な時代ですぐにメールやラインなどで連絡が取れて用件を伝えられる。他人には便利なものだろうが、なぜか悟は、その種のものに興味がない。

しかしそれがないと会社や仕事関係者に迷惑をかけると言われたので、仕方なく携帯を持たされているような気がする。

一人が苦痛でないのは、母には悪いが子供時代の影響かもしれない。悟は、昔よく言われた鍵っ子で、母は父の死後一人息子を育てるために、近所のスーパーの店員をしたり小さな会社で経理を手伝ったりして一日中働き詰めだった。

朝起きるといつも朝食がテーブルに置いてあり、放課後は学校から帰っても誰もいない団地の部屋で、好きなマンガやプラモデルで遊んでいた。夕食に合わせて母親が店の休憩時間を利用し、売れ残った弁当や安売りの焼き魚やらを持ってくるのだが、すぐにまた店に戻って行った。

だから母との会話はほとんどなかったが、友達と遊んでいても母の帰宅に合わせて先に団地に帰らなければいけなかった。遊びの途中でいなくなったり、かくれんぼの鬼なのに先に帰ってしまったり……友達にしてみれば自分勝手な奴、と映っていたかもしれない。

お互いいつでも連絡を取れる環境というのは、恥ずかしい話だが、大人になった今でもあまり得意ではない。自分から連絡を取ることは仕事以外あまりない。

　だが、この時代にそんなことは言っていられないし、知らず知らずのうちに周りの環境に染まっているのだろう。

　高木と山下は七時頃にしようと言ってきたが、仕事は五時半に終わらせてしまったので、青山の会社から広尾のピアノまで時間つぶしをしながら、ブラブラと途中の店や新築のビルを見て向かった。

　ピアノと言ってもピアノが店に置いてあるわけでもなく、また音楽に関係のある店でもない。今の経営者が昔、エルトン・ジョンのレッドピアノという公演をラスベガスのホテルで見て、その響きが気に入りピアノと名付けたらしい。

　初めはレッドピアノという名前にしようとしたが、悟の上司の岩本が人間それぞれ色の好みがあるということでレッドを外し、ただのピアノにしようと決めたようだ。

　ガラス張りの店をうかがうと、二、三組のカップルや人待ち顔の男や数人のおばさん達で半分以上は埋まっていた。

　悟は、店に入って壁際の長椅子に座った。事務的なウエイトレスの対応に、考えもなくアメリカンコーヒーを頼んでしまう。本当は紅茶の方がいいのだが……。

　そして所在なく高木と山下を待つことにした。同じテーブルには水の入ったグラスが置いてあった。

悟は、他の客が用事で席を外しているのかと思ったが、店員の様子を見ると、ただささげるのを忘れているだけのようにもみえる。

ふと目をやると、長椅子の上に忘れ物なのか店のものなのか、雑誌が一冊置いてあった。興味を引いたのはタイトルで、「東京でいま人気の店、味、インテリア特集」とある。もっとも店のほとんどは、宣伝のために金を払い載せてもらっている。今よくあるミシュランなどを真似た、出版社が金儲けのために出した雑誌のようだった。ここに置いてあるということは、我が社が内装を手がけたこの店も出ているのか、と悟は雑誌を手にした。

案の定、店のページの頭には岩本の写真とプロフィールが大きく掲載されていて、インタビューを読むと外壁をアクリルにして開放感を出し、基礎部分はコバルトブルーにして長椅子も同色にし、テーブルの色をシルバーグレーにしたと、自慢げに語っていた。

本当のことを言えば設計当初、岩本は「基礎部分を赤レンガにし、テーブルと椅子の色を暖色系で固めるつもりだ」と言っていた。だが、「それでは洋食屋じゃないですか」などという反対意見が多くしぶしぶ折れたはずなのに、いつの間にかコンセプト自体を自分の手柄にしている。それを読んで悟は笑ってしまった。

しかし、プロが撮った写真だけあって実際よりもよく写っている。自分と他の社員が手掛けた他店の内装も紹介されていたが、それも岩本の作品になっていて、だんだん腹が立ってきた。それでも、紹介文の中に悟や吉田、坂上など、他の者の名前も時々使われていたので納得することにした。こんな話はどんな業種にもあるのだろう。

「すみません」

すぐ横で女の声がした。驚いて顔を上げると一人の女性が立っている。

「その雑誌、私のものなんです……」

「すいません。店に置いてあるものだと思ったので……」

悟はあたふたして雑誌を手渡した。

テーブルの上のグラスは店員が忘れたのではなく、彼女が単に席を外していただけと分かったが、それよりも彼女がすごく品がよく素敵な人なので慌ててしまったのだ。

「よかったらこの雑誌どうぞ」

彼女はニコッと笑いながら悟の向かいに座った。

悟はドキドキしている自分に、落ち着け、落ち着けと言い聞かせ、話しかけた。

「その雑誌に僕の会社が手掛けた店舗が載っていたので、つい手にしてしまって……すいません」

「もしかして、この店のインテリアをなさった会社ですか」

彼女が驚いて聞く。

「実は僕たちが手掛けた店なんです」

悟はさらにドキドキしながら答えた。

「私、この店が好きでよく来るんです。外からの雰囲気もいいし椅子とテーブルの配色も私の好みで大好きなんです」

と悟に笑顔で言う。

「岩本さんって方は才能があるんですね。この雑誌にも岩本さんの作品がよく載っていますね」

彼女は雑誌の内容をそのまま信じているようだった。悟は内心（冗談じゃない！ 俺たちがやったのに全部自分の手柄にしてしまいやがって）と思ったが、「ええ、岩本はセンスがあるから……僕らもいい勉強になります」と心にもないことを口にしてしまう。

「こういう仕事は頑固な奴が多くてなかなかまとまらないのですが、上司の岩本がみんなの意見を取り入れてようやくこんな雰囲気になりました」

と、岩本が全部やったのではなく、みんなの意見でこの店ができたことを遠回しに伝えた。彼女は興味深そうに「この雑誌には岩本さんの感性でできたと書いてありますが、そうでもないんですね」とほほえむ。

「岩本には失礼ですが、彼のデザインの方針を変えたのは我々で、彼はこの色使いには反対だったんですよ」

悟は、思わず怒りに任せて本当のことを話してしまった。

彼女が嬉しそうに笑っているので、悟は調子に乗り、今までの岩本の失敗談をベラベラと喋り出す。彼女はその失敗談を話すたびに笑いながら聞いてくれた。

悟はふと我に返り、聞いてみた。

「あなたも同じようなお仕事ですか」

「いえいえ。私は単なる売り子なんです……」

売り子という言葉に母を想って親しみを感じたのか、悟はもう彼女を好きになっているような気分だった。

「あの……お名前を聞いてもよろしいですか?」

と勇気を出し聞いてみる。

彼女も名乗っていないことに気づいたように、「すみません。みゆきと言います」と教えてくれた。

「みゆきさんですか。今度またお会いしたら声をかけてもよろしいですか?」

悟は、すぐにでも連絡先を聞きたかった。聞けばすんなり教えてくれるかもしれない。しかし、なぜだか連絡先を聞いたら、二度と会えなくなるような気がした。

「私、休みが木曜日なので、何もなければ夕方ですけど、よくここに来ていますよ」

みゆきは笑顔で答えてくれた。

また木曜日にピアノに来て、もう一度みゆきに会う。連絡先を聞くのはそれからだ。悟の頭の中は、木曜日の夕方のことで占められていた。

みゆきがなぜか、店の外を気にしているように見える。振り向くと、そこには高木と山下が外壁のガラスに鼻や口を押し付けてこちらをうかがっていた。二人は笑わせようとしてやっているのだろうが、店内の客は変な人がいる、と見て見ぬふりをしている。

みゆきは笑いながら「お友達がいらしたみたいですね」と言って席を立ち、出口に向かった。

その後ろ姿に悟は、「僕は、水島悟です!」と思わず声をかけた。

みゆきはわざわざ振り返り、笑顔で小さく手を振ってくれた。入れ違いに高木、山下が彼女をちらちら見ながら、悟のいる席に着いた。

「おい水島、今ナンパしてたのか？　いい女だな！」

高木がにやにやしながら言う。

山下も何を勘違いしたのか、「俺もあんな女だったら口説かれてもいいな」と言った。

それを受け、高木が「なに図々しいこと言ってんだ。あの女が何でお前を口説かなきゃいけないんだよ。浅草のソープ嬢でも金払って断られたくせに」と突っこむ。

「ちょっと安くしてくれって言っただけだよ」

「ソープランドで値切るのはお前ぐらいなもんだ」

いつの間にか、いつものように二人の漫才が始まっていた。一段落すると、高木が真顔で悟に言う。

「あの子はお前には無理だな」

「今日、偶然初めて会って、この店の話をしてただけだよ」

「嘘をつけ。お前なにが、僕、水島悟です！　だ」

「どう見てもナンパじゃないか」

「冗談言うなよ」

悟はいつになく声を荒らげた。

「あれはどこかの大金持ちの娘か、妾《めかけ》か、ヤクザの女かもしれないぞ」

山下が言うと、

「ヤクザの女に手を付けたら指の二、三本吹っ飛んでデザイン画の線が短くなっちゃうぞ」

と高木がかぶせる。

「指で線の長さ測るわけじゃないだろ」

さらに山下が突っ込み、二人で盛り上がっていく。悟と高木、山下は高校時代からの腐れ縁だが、どう見ても漫才コンビのような二人の掛け合いは、三十を過ぎた今も全く変わらない。

一方、悟の頭の中は、すでにみゆきという名前と彼女の笑顔でいっぱいだった。

その後、三人は広尾の裏通りに最近できた焼き鳥屋へと場所を移した。

相変わらず山下は会社の愚痴、高木は水商売の女とその客とのくだらないエロ話をして騒いでいる。悟は二人の会話を笑って聞いていたが、来週の木曜日のスケジュールが気になってしかたがなかった。気もそぞろな悟の様子を見て、酔った山下が「俺も来週の木曜日、ピアノに行ってみようかな」とからかい始めた。

山下の会社はもともと、デパートの屋上に置かれている金魚すくいや、腕相撲ゲーム、

KOパンチマシーンなどアナログのゲーム機を製造していた。

だが、インベーダーゲームで成功してからは、数十人のプログラマーを雇ってコンピューターゲームを製作している。しかし会長の中田の「アナログのゲーム機もレトロな感じで残しておいてもいいんじゃないか」という考えのもとに、山下は就職と同時に会社創立時から続く、昔ながらのゲームの製作部に配属された。そこでUFOキャッチャーのインチキくさいぬいぐるみやガチャガチャの景品など、アナログな玩具を作らされているらしい。コンピューター部門の社員にはバカにされ、山下の製作部は姥捨て山と言われているという。

高木はそこそこ大手の不動産会社経営者の息子だが、母親が亡くなり父親が後妻をもらったため、腹違いの弟と妹がいる。社長である父親は長男の高木ではなく、弟に会社を継がせた。そのため高木にあてがわれたのは、もっぱら仲介手数料などが頼りの、系列の小さな不動産屋だけだった。扱う物件も貧乏学生のためのワンルームマンションやアパート、スケベ社長が愛人に借りてやるような2LDKクラスばかりである。

酔った山下が言う。

「今日は会社で製作発表会をやったんだけど、みんな大したものは作ってこなくて、馬鹿な奴は三角フラフープなんていう何のアイデアもない物を持って来たり、けん球の逆の球ケンとかいう玩具を作ってきたのがいたりして腹がたったよ」

「三角フラフープっていうのはなんとなく分かるけど、球ケンというのはなんだ」

高木が聞く。

「玉に1から10までいっぱい穴が開いていて、その球を持ってひもで結んだケン、をその穴に順番に入れるんだ。つまんねぇだろ～」

「俺らに聞くなよ！　つまんないとかいう問題じゃないだろ。そいつ、よくクビにならないな～」

「ところでお前は何を作ったんだよ」

するとと山下は、その言葉を待っていたかのように鞄の中から何かを取り出し、「これだ！　カメレオンゲーム！」と叫んだ。

店中の客が山下に注目した。山下は得意げにカメレオンの顔と身体のついた笛のようなパイプをくわえ、ぴゅーと吹く。カメレオンの口から、丸められた紙袋が舌のように伸びた。

「昔よく売ってた蛇のおもちゃそのままじゃないか」と高木が言うと、山下が「まあ待てよ」と言いながら鞄の端に手を入れ、昆虫の絵が描いてある小さな紙の作り物を数個取り出してカウンターに置いた。

「いいか、この虫をカメレオンで捕まえるゲームだ」

確かに小さな紙の作り物はハエとかバッタ、トンボなどの昆虫に似せてあった。

「これを自動で回るテーブルの上に置いて、家族や友達でこの虫達を捕まえるゲームだ」

「どうやって捕まえるんだ」

「その方法がなかなか見つからなくて苦労したんだが、カメレオンの舌の先に両面テープを付けておけば昆虫がくっついてくる。なんと昆虫に点がついていてハエ5点、バッタ10点、トンボ15点、ゴキブリはマイナス5点なんだ！　これは盛り上がるぞー！」

「気持ち悪いし、誰がそんなばかばかしいゲームをやるんだよ」

呆れたように高木が笑って言った。

「スタッフの反応はどうだったんだ」

悟が聞く。

「スタッフの前でやってみたんだけど、舌が両面テープに絡まってうまく出てこないんだよ」

と山下は自虐的に言う。

三人ともゲラゲラ笑ってしまった。

酒が進むにつれ、高木が賃貸マンションの部屋を見に来た女に口説かれて家賃をまけてしまった話やら、山下が白熊ゲームという、手にシロクマの手袋を付け、出てくるアザラシを殴るゲームを作ったのだが、モグラたたきとなにも変わらないとダメ出しされた話やらで盛り上がっていった。

そこに、若いOLらしき三人組が店にやってきた。

すると、そつのない高木が「お嬢さん達、ここつめれば三人座れますよ」と隣の男に謝りながら強引に席を空けさせた。

一人で飲んでいた中年のサラリーマンが、迷惑そうに席をずらした。

「さあさ、どうぞ」

高木が勧める。

「僕達、大学の同級生でIT関係の仕事をしてるんだけど、久しぶりにこういう庶民的なところで飲んでみようって、この店初めて来たんです。意外に美味いですよ」

女性達は怪訝そうだったが、それでも作り笑顔で席に着く。高木はこの三人のOLを連れて二次会三次会と店を変え、うまくいけばそれぞれホテルにでも連れ込もうかという勢いだった。

「大学卒業してからバラバラのIT会社に就職したんだけど、そろそろ独立して三人で

IT関係の会社を立ち上げようかと相談してたんですよ」

「アマゾンやグーグルみたいに」と、山下が誰でも知っている会社の名前を出した。

女性達は高木の口車に乗ったようで、「うわーすごい！　青年実業家になっちゃうんだ」と歓声を上げる。

「まあ、初年度の利益は五億か十億ぐらいだけど二、三年経てば百億ぐらい軽くいけると思うよ」

それを聞いたOL達がキャーキャー言って食いついてきている時に、ボソッと山下が高木につぶやいた。

「おい、この店お持ち帰りできるのかな～。かみさんと子供にレバーとネギマ三本ずつ持って帰るって言っちゃったんだけど……」

悟は飲みかけの焼酎を吹き出した。OL達と高木の固まった顔がそれに輪をかけた。店のおしぼりで飛び散った酒を拭きながら、涙が出るほど笑ってしまった。

女性陣が逃げるように帰った後、高木がカラオケに行こうといいだし、店の勘定を一人で払って三人は店の外に出た。高木が山下に突っかかる。

「お前、ナンパの最中にかみさんと子供のお土産、注文すんなよ！　なんだ、レバー三本とネギマ三本って」

「だって約束してたから……」

「場を読めよ、場を！　あの女達が来る前だってそうだったじゃないか」

「何が」

「何がってお前、メシ屋でカメレオンだのゴキブリだの！　他の客がみんな気持ち悪がって嫌な顔してたじゃないか！」

酔っぱらいの三人組が裏通りを大笑いしながら歩く。悟は男同士の付き合いっていいなと思いつつ、こんな時彼女も一緒だったら……とみゆきのことを考えている自分に驚いていた。

「よーし！　カラオケ行って思いっきり歌って、ソープに行こう」

高木が叫ぶと、山下が返す。

「ソープはおごってね～」

「ソープにレバーとネギマを持って行くのかよ～。何がグーグルみたいになるだ。このグーグルパーめ！」

悟も山下に突っ込んで大笑いした。

悟がマンションに帰ったのは夜中の三時過ぎだった。三田にある悟の住むマンションは築二十年で2LDK。地下に駐車スペースが二台分あり、一台分は悟が借りている。高木の伝手《つて》で就職と同時に格安で住めることになった。

部屋に入るといつものように仏壇の父の写真を見ながら線香をあげ、明日（もう今日だが）、母親の見舞いに行くことを報告して自分の机に向かった。明日の午後一番にあるプレゼンのために、紅茶をいれてから手掛けているイタリアンレストランの色や、家具、キッチンなどの配置を練りはじめた。

プレゼンなんていうカタカナ語は嫌いだが、日本語に直すと提案とかいう言葉になるのだろう。なんだかどちらも人間味のない言葉だと思う。

今日は徹夜だと覚悟して、机の上に図面、色見本、型紙など材料を用意した。コンピューターを使えばもっと早く仕上げることもできるだろうが、手作業と出来上がった立体感が好きで、頑固にアナログでデザインするのが癖になっている。

今時の人達はスマホを器用に使いこなすが、悟はなぜだかスマホに違和感があった。

昼前までにはできるだろうと目途をつけ始めたが、レストランのメインカラーやテーブル、椅子などの配置を考えているうちに、いつの間にかみゆきが喜ぶかな、などと思いながらデザインを決めていた。

木曜日が待ち遠しかった。ピアノに行ってみよう、また会えるだろうかなどと考えがそれてしまい、なかなかデザインに集中できない。でも、みゆきとデートするイタリアンレストランのデザインだと考えを切り替えると急に楽しくなり、意外にすんなり考えがまとまりだした。

昼近くになってやっと見本が完成した。両手で抱えて車の助手席に置き、時々利用する近くの定食屋「よしかわ」に寄って日替わり定食を注文した。悟はふと、自分は子供のころから家庭料理というものを食べたことがなかったし、自分で働くようになってもまだ定食屋で食べている――と思い至った。

高木は別だが、同世代はみんな家庭を持ち、女房の手料理を食べながら子供たちと会話が弾んでいるのだろう。自分にはそういう経験がない。夢みたいな話だが、みゆきとデートして将来結婚し、子供ができて温かい家庭をつくれたらいいな……などと妄想していると、「悟さん、お待ちどおさま!」と店の看板娘のひろこが笑顔で横に立っていた。この店の一人娘で、高校出でまだ若い。だが普通の女の子みたいにアイドルとか音楽には興味がないらしく、一生懸命、両親を手伝い店を切り盛りしている。

昼前でまだすいているが、昼食時は近所の自営業のおやじや中小企業の社員などで満員になる。店はあまり広くはないが親子三人で頑張っている。ひろこも彼女の両親も、悟には好意を持っているらしく何かと声をかけてくれる。定食を注文しても他の客に内緒で余分におかずを加えてくれたり、ご飯がオムライスになっていたりする。一度、悟の隣に座ったサラリーマンが同じ定食を頼んだのに、あまりの違いに唖然としていたことがあった。

店主は、悟と娘をくっつけて店を継いでもらいたいと考えているんじゃないかとさえ思う時がある。嫌ではないが、自分が定食を作りひろこが客を相手に切り盛りする姿を想像すると、好意を素直に喜んでいられない気がして、何か申し訳ない。

「悟さん、これから会社？」

ひろこが話しかけてきた。

「今日の昼までに内装の見本を作らなきゃいけなかったので、徹夜したんだよ」

あくびをかみ殺しながら、悟は伸びをして答えた。

「毎回違う店のデザイン考えるの大変ね」

ひろこは笑いながら言って、他のテーブルに向かった。いい子だな、とずっと悟は思っているが、今、頭の中はみゆきだけだった。

一回しか会っていないし、彼女のことを何も知らないのに、こんなに好きになるなんておかしいんじゃないかと思いつつ、お茶を飲みながら、人間なんて誰でもそういうもんだと自分に都合よく考えた。

プレゼンが終了したのは二時頃だった。岩本は一応、悟の作品を見て直しを入れていたが、その表情を見るとまんざらでもないといった感じだった。また奴が自分のデザインとして依頼主に提案するのだろう。

会議が終わり次第、悟は母親のいる施設へ向かった。母がいるのは埼玉の東松山にある特別養護老人ホームで、都心から二時間ぐらいかかる。

山下の紹介で買った中古のＢＭＷはギアの入りが悪く、高速では問題ないが、渋滞したりするとすぐノッキングを起こす。

施設のある田舎道ではガリガリ音を上げ、クラッチを何回も踏んでギアを入れ直さないといけない代物だった。

車に興味がないわけではないが、今の経済状態では車になんかお金はかけられないし安くもなく飛び切り高くもないこの車で満足している。美女木《びじょぎ》、大泉あたりでちょっと渋滞したがどうにか施設にたどり着く。

ホームは高台にあり、町が一望できる。東松山はもともと宿場町だったが、今や住宅団地や工業団地もあり、居室の窓から眺めても気が休まるような景色ではない。ホームの前の広場は一部に駐車スペースがあり、ガードマンが一人立っていて一台につき百円を取る。

　周囲は雑草が生えて刈られることもなく、まるでつぶれた工場のようだ。

　こんな警備で老人の患者が守られるとは思えない。ここに母を入居させてしまった自分が悲しかった。日本の医療制度というのはマシな方だと言われているが、東京に住んでいた母がいくつもの病院をたらい回しにされ、最後がここかと思うと腑に落ちなかった。

　往復四時間近くかけて見舞いに行かなければならないから、親不孝だが自分の仕事が忙しい時など、億劫になる。このホームは高木の叔父が理事をしていて、手を尽くして母を受け入れてくれた。定期的な医師の診察も受けられるし、様々な相談にも乗ってくれることに感謝しなくては……と思ってはいるのだが。

　ホームの入り口で介護士の木村さんに会った。

「水島さん、浅井先生がちょっと話があるので、お母さんの部屋に行く前に寄ってほしいと言っていました」

　木村さんは高木の中学の同級生だと言っていた。顔立ちがどことなく高木に似ているので、何か親近感が感じられる。

　四階にある医務室にいた医師の浅井先生を訪ねると、先日、母がベッドから落ちて骨折した右手首について、経過説明をしてくれた。若い頃からの栄養不足や加齢で骨粗《こつそ》鬆症《しょうしょう》らしく、これからも骨折が起こりやすいのだという。弱っている腰、大腿骨に金具を入れる手術を母に勧めたのだが、息子さんの考えを聞いておきたいとのことだった。

何と返事をしていいか分からずに、ただお礼を言って母の居室に向かった。

四人部屋でベッドの間は厚いカーテンで仕切られているが、会話などは筒抜けだ。なので毎回あまり大事な話ができずに、お座なりの見舞いで終わってしまう。でも、先生が「お母さん、若い頃から栄養取ってないんじゃないかな」と言っていたことが気にかかった。

父が死んで家賃、悟の教育費、いつも買ってくれたクレヨン、画用紙、自分が食べずに持って帰ってくれた弁当やお菓子……いろいろな思い出が頭をよぎり、ベッドの上で寝ている母を見た時、悟は思わず声を出して泣いてしまった。

目を覚ましたのか、母がそっと悟を見て微笑んだ。

「母さん、手、大丈夫か？」

痛いに決まっているのにそんなことしか言えなかった。

「大丈夫だよ。ちょっと足を滑らして手をついたらひねっちゃっただけ。大したことない、心配しなくていいよ」

でも先生が、と言おうとして、先ほど話した手術の内容を思い出し言葉にならなかった。

「寝てなよ、母さん。俺、ちょっとしたら仕事に行かなきゃいけないから」

後で考えれば何という冷たい事務的なことを言ってしまったのだろう。

「お前、忙しいんだろ？　ここは遠いからそんなに会いに来なくてもいいよ」

母が気を遣ってくれる。

「時間なんて今の仕事はいつでも作れるから」

母の枕を直し、毛布を掛け直しながら、自分はこの母に何の恩返しも親孝行もしていない、と悟はまた泣きそうになった。

帰りの高速はいつものように、合流地点が渋滞していた。悟の心は先ほど見舞った母のことでいっぱいだった。もし母の骨がさらに弱くなり動けなくなったら、介護のレベルも上がるし改めて様々なことを考えなければならないのだろうか。

どうにか三田のマンションに着き、いつものように父の遺影に線香をあげ手を合わせる。悟は母のことや、自分の不甲斐なさなどを小さな声でつぶやいた。

父は、神奈川で代々農業を営む小さな農家の長男だった。だが、農家を継ぐのは嫌だったらしく、弟に代を譲り地元の工業高校に進学した後、大手自動車メーカーの下請けなどでかなり実績のある品川の自動車部品工場に入社した。そこで事務員をしていた母と出会ったらしい。

結婚して順風満帆に思えた生活だったが、悟が小学生になる直前に父が悪性の癌を患い半年で急死、それから母の苦労が始まった。母はあまり父のことを話さないが、実は絵描きのような芸術家になりたかったらしく、悟にはよく絵本や塗り絵などを買ってきてくれた。自分のやりたいことを息子にやらせたかったようだ。

だからお前がデザイン学校に行きたいと言った時、反対しなかったんだよと母から言われたことがある。だが、親不孝かもしれないが父のことはよく覚えていないし、もう少し頑張って学費の安い国立大学に進むべきだったと悟は反省している。なんとなく覚えているのは、いつも残業で疲れて帰って来る父の姿だけだった。

土曜日は昼頃までぼーっとしていた。昼には紅茶をいれてパンとハムエッグという、外で食べればそれなりに形になる料理を作ったが、ヨレヨレの下着のまま仕事机でムシャムシャ食べている姿は、傍《はた》から見たらどこがインテリアデザイナーだ、と思われるだろう。

夕方、面白くもないテレビを見ていると、携帯が鳴った。見ると高木だった。いま白金のマンションで一仕事終わったので、お茶でも飲もうと言う。近場の芝にある喫茶店で待ち合わせた。本当はみゆきに出会ったピアノに行きたかったが、変に高木にからかわれるのが嫌だった。だが悟の心の中は、必ず木曜日、みゆきに会いにピアノに行こうという思いでいっぱいだった。

背の高い高木はいつものように白いスーツに赤いネクタイで、相変わらずウエイトレスにちょっかいを出していた。頭が金髪だったらトランプ大統領みたいだ。

「何がおかしいんだ」

「なんでもないよ」

「また内心、このスケベと思ってるんだろ」

人目もはばからず高木が大きな声で話す。悪い奴ではないと思うが、品がないし図々しい。それでも憎めない奴だと思い、笑いがこみ上げた。

「おい！　今日、大変な事件があってな」

ウエイトレスが悟に注文を聞いているのに、それを遮るように高木が切り出した。

「あ、すいません。紅茶のミルク入れてるやつ」

焦って変な注文になってしまった。

「ミルクティーですね?」と言ってウエイトレスが戻っていくと、「あのな、さっきよー」と高木が話し始める。

高木の不動産屋に、いい年のおやじとどう見ても水商売風の女が、白金の賃貸マンションをみせてくれと現れたという。高木は、2LDKだが二十五万円くらいのいささか古い部屋を紹介した。部屋には前の住人が置いていったのか、ソファーが一台置いてあった。そこにおやじと女が座り込み部屋の中を見回しながら、「こんなところに長く置いておかないから。すぐもっといいところに移してやるから」などと、鼻の下をのばしたおやじが女を説得したそうだ。

そんなにいい女とは思えないが、どこかよいところがあるのだろう、と高木は思うことにした。女は渋々「半年以上は嫌よ」と、しなをつくっておやじに抱きつく。

高木を気にしてか、おやじは「後は君がこの子に詳しいことを教えてやってくれ。俺はこれから銀行に行かなきゃ」と言って出て行ってしまった。

二人きりになると、女が急にそのおやじの悪口を言いだした。

あのハゲとか臭いとかケチだとか嘘ばっかりだとか言いながら、いつの間にか高木に寄り添って話しこみ、「やっぱり付き合うなら、あなたぐらいの男が理想だわ」と言いだして抱きついてきたという。

高木はもちろん嫌いじゃない。すぐ女の下着を下ろし自分もズボンを脱いでコトに及ぼうとした途端、ドアが急に開いておやじが忘れ物の鞄を取りに帰ってきた。

「鍵を掛け忘れたのは大失敗だった。まさか女とそんなことをしている時に戻るとは……」

ミルクティーを持ってきたウエイトレスを無視して、高木が一気にまくしたてる。あまりのおかしさに悟は笑いこけた。

そのハゲおやじは、県会議員で土建屋の社長だった。ドスをきかせた声で、知り合いのヤクザの話や高木の不動産屋を潰すとか、様々な脅し文句を言ったらしい。それを面白おかしく高木が話すので、またたく間に時間が過ぎてしまった。

「それでどう話をつけたんだ」

「結局、一か月分の家賃をただにするということで話がついた」

平然と高木が答えた。

「一か月分の部屋代でおやじが納得するなんて、おやじもおやじだけど、女も女だな」

「何言ってるんだ！　あのハゲおやじにとって、あの女は一回二十五万円の価値があるってことじゃないか。俺はやってないけど……」

間抜けというか、立派というか、いろんな人達がいるもんだ。悟はまたしても笑ってしまった。

その後、妻子持ちの山下をうまく口実をつけて呼び出し、先日行った焼き鳥屋で先ほどの高木の話で盛り上がった。

ほろ酔い気分で席を立つと、急に山下が「今日は俺がおごる」と言い出した。

すると高木が「今日は一日変な日だな～。いろんなことが起こる。お前がおごると言ったり、ハゲおやじに脅かされたり……隕石でも落ちてくるんじゃないか」

「なんでお前、金持ってんだよ」

悟が訊く。

「社内で異動があって製作企画から現場の機械修理に回されてさ、昨日から外回りしてるんだ。ゲーセンとかにあるいろんな機械の修理をしてると、中に小銭がいっぱい溜まってたり落ちてたりするんだよ。見ろ！　この小銭の山」

山下が、ポケットからたくさんの小銭を取り出した。

「お前、それ泥棒じゃないか」

高木が言うと山下は、

「人聞きの悪いことを言うな。これはみんな拾得物じゃないか」

「まあいいや。早く払えよ。水島と外で待ってるから」

店の外で待っていると、レジの前で山下が小銭を必死になって並べていた。

週明けの月曜、少し早く出勤し今取り組んでいるイタリアンレストランの内装の打ち合わせに参加する。

岩本の話によると、レストランのオーナーが、悟が提案したプレゼンが気にいらないと言い出したらしい。今週中にやり直せとのこと。勝手さにあきれながら、どうにか木曜日の六時前にはこの仕事を終わらせないといけないと悟は思った。

午後にレストランのオーナーシェフという岩本と同年代の男が会社に来るから、直接話して考えを聞いて欲しいという。悟に仕事を丸投げしようという岩本の魂胆が透けて見える。紅茶を飲みながら待っていると、件《くだん》のオーナーシェフがぺこぺこ頭を下げながらオフィスに入ってきた。

デザインに文句を言うわりには、やけに腰の低い男だ。ここでは自分が客なのに、どうも人に頭を下げる癖がついているのかもしれない。顔を見ると、とてもイタリアンのオーナーシェフとは思えない。田舎の山に落ちているどんぐりみたいに髭剃りあとが真っ青で、ちっちゃな眼がポツンとついている坊主頭の正直そうな人物だった。

店が日本橋のオフィス街に近いので、ランチ時は回転を速くする赤を基調とした色使いでいいが、夜の営業を考えると客が落ち着かないのではないか、と懸念を口にする。それで、オープンキッチンやテーブルの色や配置を考え直して欲しいというのだ。岩本は、またいつもの調子でビーバイシーとかバジェットとかインバウンドとかキャパシティーとか言いながら相槌を打っているが、邪魔なだけで打ち合わせには何の役にもたっていない。

今村と吉田ひかりは照明を昼と夜とで変化させて、昼の赤を、夜には渋い赤になるようにライティングを変えたらどうか……とそれぞれに意見を述べた。

水島はどう思う、と岩本が聞いてきた。悟は内心、そもそも俺の企画をそのまま自分が考えたように自信たっぷりにプレゼンしたくせに——と思ったが、何か意見を言わなくてはと、適当に思いついたことを言った。

「昼と夜の店の雰囲気をお金をかけずに変えることが一番の問題ですから、どう簡単に安く変えるかだと思うんです」

すると坂上が、「昼の店にどう手を加え、夜の営業に対応するか、ですね」と同じことを言っている。

こいつは馬鹿か、と思いながらも、悟は無視して続けた。

考えながら喋っているうちに、子供のころクレヨンで画用紙に絵を描きながら、その絵の物語を勝手に創作していたことを思い出した。

「思い切って昼と夜で店の名前を替えたらどうですか」

自分でも無茶だと思ったが、悟られないように一気に喋った。

「昼はミラノとかフィレンツェ、夜はサルディーニャとか、看板のロゴを二つ作るだけです。それとオープンキッチンは昼は明るく、夜は暗くしてテーブルクロスの色を変え、従業員の服の色も昼と夜で変えたらどうでしょう。お金は大してかからないと思います」

自分でもアドリブでよく喋ったものだと思う。それは高木や山下との付き合いの影響じゃないかな、と先日の笑い話を思い出して思わずまた笑いそうになった。

依頼主のどんぐりオーナーはいたく悟の提案に感心したらしく、他の意見を全部聞く前にその線でいきましょう、と喜んで帰っていってしまった。

岩本は、悟の機転の利いた意見でオーナーを納得させてしまったことが腹立たしかったのか、「おい水島、このケースはお前が責任を持って今週中にやってくれよ」と無理なことを言いだした。

今週中ってことは金曜日までということじゃないか、それじゃ木曜日の夕方にはとてもピアノには行けない。悟は焦った。しかし自分が言いだしたことだ。岩本やほかの三人に頼るわけにはいかない。

悟は必死で作業に入った。どうせ手柄は岩本に取られてしまうのだろうが、見取り図をもう一度デスクに広げた。もともと洋食屋を居抜きで借りたところなので、厨房、トイレなどはそのまま利用できるが、もし新しくするとなるとかなり大がかりな工事が必要になる。

図の中にまず、場所が決まっているキッチンとトイレを書き込んだ。そしてテーブルと椅子の配置を書き入れた。これからミニチュアのテーブルと椅子に着色したり、専門ではないが看板の昼・夜のロゴを考え入り口に配置したりという、学校の工作の時間を思い出させるような作業に入る。なんとしても木曜日の夕方に間に合わせるために、数日の徹夜を覚悟した。

夕方、仕事に没頭している悟を尻目に、岩本をはじめ他のスタッフが帰って行った。岩本などは「水島君、クライアントに期待された以上、いい仕事しないとね」と、自分の責任を全部悟に押し付けて平気な顔をしている。

月曜の夕方から始まり、火曜、水曜と、食事とトイレ以外、席を外すことなく仕事に没頭した。その間、岩本と他のスタッフは悟の仕事を手伝いもせず、雑談したり仕事関係の雑誌を読んだりして時間をつぶしていた。

どうしても間に合わせたいと必死になって働いたが、こういう仕事は一つ変えると他の部分に不都合が出る。床のタイルの柄や壁の色を一つ変えるだけでも全体に影響する。初めからやり直すという忍耐力と想像力が必要だ、と学校の先生が言っていたが、確かにその通りだった。いざ仕事に入ってみると、河原で子供が石を積み上げると鬼が来て壊す話や、砂漠に何十年もかけて作ったアリ塚を人が足で踏みつぶすような感じになってしまった。

もともと一人きりで作業することには慣れている悟だが、さすがに疲れて気が付くとソファーで寝ていることもあった。だが、コンビニのパンやカップ麺と濃い日本茶でしのぎ、どうにか木曜日の明け方には目処がついた。夕方まで頑張れば、金曜日にはみんなの前に提示できるところまで仕上がった。

しかし月曜日から一日も風呂に入っておらず、下着も服も取り替えていない。このままだと髭だらけの顔で今日の夕方、あの人に会わなくてはいけない。理由を説明して謝ればいいかと考えたところで、ふと不安がよぎった。今日、彼女が必ず来るとは限らないし、来週の木曜に会いましょうと約束したわけでもない。やはり連絡先を聞いた方がよかったのか……悟は不安でいたたまれなくなり、服も無精髭のことも忘れしばらくボーっとしていた。

出社してきたスタッフが悟のデスクに広がっているレストランの内装見本を見て、驚いたように、「徹夜でやったのか?」とか「配色がすごい」とか言ってほめてくれた。

岩本は「僕のアドバイスしたアイデアがいろいろなところに生かしてあるな。これでクライアントも安心するだろう」と、もう自分の手柄にしている。

夕方早々に退社した悟は、彼女が来るかどうか分からない不安を抱えながらピアノに向かった。連日の疲れでめまいを感じつつ広尾までふらふら歩いたが、ピアノに近づくと緊張が高まり逆にシャキッとしてきた。

悟は祈るように、店のガラス越しに中をチラッと覗く。

いたっ!

心底ほっとした。よかった! 安堵が胸に広がる。

しかし一方で、昔読んだおとぎ話にこんな内容があったような気がしてきた。その話は、いたはずの彼女がお地蔵さんになって座っているというオチだった。なぜこんな時にそんな話を思い出すのだろう。とにかく彼女がいる。ただ嬉しかった。

運よく彼女の隣に空席があった。視線を感じたのか、みゆきがこちらを見て久しぶりという感じで微笑んだ。悟は彼女のそばに立ち、「ここ、いいですか?」と浮ついた声で馬鹿なことを言ってしまった。前回彼女に会って、普通に話をしていたのに……。

「もちろんです。どうぞ」と、彼女は笑いをこらえてか妙に真面目な顔で答える。

「徹夜が続いてやっと今日の夕方に一段落したんです」と話しながら、悟は自分の格好が急に恥ずかしくなって「すいません！　こんな汚い格好と顔で」と謝った。

少し彼女と話せたことで、やっと冷静になってきた気がした。

「お仕事、忙しかったんですか」

そう聞かれたので、今関わっているイタリアンレストランのオーナーの方針が変わって、コストをかけず昼夜の営業で雰囲気を変えることを相談され、それに応えるため徹夜が続いてしまったことや、また上司の岩本が悟のアイデアを自分の手柄にしようとしていることなど、寝不足と緊張のせいか饒舌に話してしまった。

彼女はいやな顔も見せず、話の方向を曲げようともしないで、笑ったり真面目に相づちを打ったりしてくれた。悟は勇気を出して「こんな格好で失礼ですけど、もし夕食を食べていなかったら食事にでも行きませんか」と彼女を誘った。すると彼女は「格好なんか気にならないです。いいですよ」と、すんなり悟の誘いを受けてくれた。

岩本や悟らが打ち合わせでよく使う一の橋にあるイタリアンレストランは、それほど高級ではないがソムリエの評判がなかなかよく、悟にはよくわからないが安くて旨《うま》いワインを選んでくれるらしい。

　あまり女性と食事などしたことがないので、近くの席の客に自分の拙《つたな》い会話を聞かれたら恥ずかしいと思っていたが、店に着くと奥の小さな二人用の席に案内されてホッとした。

　ソムリエがワインリストを持ってきて「お飲み物は何にいたしますか?」と問う。悟は彼女に「何にしますか」と聞いた。

　すると彼女は「グラスでシャンパンありますか」と注文した。それが、あまりにも慣れた感じで、悟はまた緊張してしまった。

「そちら様は?」と聞かれた悟は、思わず「同じものをください」と答えていた。その時、外国人が日本人の悪口としてよく言う「同じものをください!」と言っていることに気づいたが、焦るばかりで他に言葉が浮かんでこない。

　食事のメニューを渡されるが、悟は相変わらず彼女の注文の後に「同じものをください」と繰り返していた。料理を待つ間、悟は「今日、みゆきさんはいるだろうかと思って行ってみたんですが、不安だったのでいらした時は嬉しかったです」と、照れ隠しのように話しかけた。

「買い物をしていたんですか」

「いえ、ただ街をブラブラ歩いていただけです」

「僕は、銀座とか表参道とかのブランドの店で買い物してたのかなと思ってました」

「私、ブランド物などにはあまり興味がなくて……」

意外な言葉が返ってきた。悟はそれ以上話しかけるのをやめた。彼女を褒めているのかけなしているのか、分からなくなったからだ。

みゆきは、悟の気持ちを察したらしい。

「前はよくブランドの服やバッグなんかも見て回ったのですが、最近は違うブランドでもみんな同じ方向に向かっている気がしてしまって。これといって気に入る物がなくてあまり行かなくなりました。よい物はそのままのデザインでいいと思うんですが、変わってしまうんですよね……。ネットもあまり見ないですし、SNSもやっていないので、私ってまったく流行《はや》りにうといんです」

みゆきがつづける。

「最近は個性的な物がだんだんなくなって、一つ流行ると同じような物が大量に出回るというのが風潮ですね」

悟は、その話に乗った。

「うちの事務所でも、行列ができる店を作れと言うんです」

「みんなと同じ行動を取るのが、安心するみたいですね。古くていい物や使い込むと味が出る物は、少数の人にしか売れないから作らないんですよね」

「それに、今の人達は行列することが楽しいらしいですね」

「お店の人はそれをうまく宣伝に利用するんでしょうか」

「昔は、開店前夜から並ぶ人達を一人五千円くらいで頼んでいたんですが、今は先着五百人にTシャツをプレゼントすると言った方が、人が集まって宣伝としては安上がりなんですよ」

「水島さん、そういう話はご職業柄詳しいんですね」

みゆきが、シャンパンをちょっと口にしてグラスを置いた。

「それ、どうですか?」

悟はビールと焼酎ぐらいしか味が分からなかった。

「ええ、私好きです、ちょっと辛口で」

そう言うと、またグラスを手に取った。

店内にはイタリアンらしく、カンツォーネが流れていた。何もイタリアンだからといってカンツォーネを流す必要があるのか、と悟は思う。

「店の内装なんかやっていると、オーナーが音楽はどうしましょう、と聞いてくることがあるんですよ。音楽までプロデュースしてくれと言われると正直、困る時があります。今の経営者はいろいろ手を加えたがりますが、もっとシンプルに余計な物は削ぎ落とせばいいのにと思います。ここの音楽もちょっとやりすぎですよね」

悟が言うと、みゆきは同じように思っていたのか、下を向き肩を細かく揺らして笑った。みゆきがナプキンで目を押さえながら言う。

「先日、友人とお寿司屋さんに入ったんですが、インドのシタールの曲がかかっていたので笑ってしまいました」

「ぼくも蕎麦屋で、タイのキックボクシングみたいな音楽を聴きましたよ！　なんでこんな音楽なのと聞いたら、使っている職人がキックボクシングをやっていて、大将がその職人のファンなんでかけてあげてるんだそうです」

みゆきはまた笑いながら、楽しそうに聞いている。

「みゆきさんは音楽がお好きなんですか？」

そう聞いてみると、みゆきは不意を突かれて戸惑った子供のような顔を見せた。グラスを手に取り、口を開く。

「古いかもしれませんが、私クラシックが好きなんです」

何か思い出に浸るように答えた。

その表情を見て悟は、クラシックのコンサートやCDで、みゆきにいい思い出があるのかな、とヤキモチを焼きそうになる。

「僕は今までクラシックのコンサートに二回くらい行ったことがあるんですが、よく知らない曲だとすぐ寝ちゃうんです。もっとも寝ることもできないほど騒がしい曲もありましたけど」

みゆきが笑う。

「みんな見栄を張って、分かっているふりをしながら聴いてるのかもしれませんよ」

「今度おすすめのコンサートがあったら誘ってくれませんか。いいか悪いかはみゆきさんが決めてください」

悟が頼むと、

「いいですよ、行きますか？　同じ曲でも指揮者やオーケストラによって全然違うんです。それがまた楽しいんですよ」

みゆきが身を乗り出した。

「は〜、そうですか……違いが分かるまで大変なんでしょう。ビールみたいに……」

「すぐ分かるようになりますよ。だから現代まで続いてきたんですから……」

みゆきは笑いながら言う。

悟は何とおごりのない女性だろうと、また感心してしまった。しかし、ただ感心している場合じゃない。気まずい沈黙の時間を作っちゃいけない。

「今ちょっと気がついたんですけど、僕たちお互いの携帯番号やメールアドレスって知らないですよね？」

いささか強引に話題を変えた。もしここで連絡先を交換できれば、彼女との距離はぐっと縮まるかもしれない。

しかしみゆきは、「そうですね」としか言わなかった。そんなみゆきの態度を見て、悟は、

「ふと思ったんですけど、お互い名前だけ分かっていれば、携帯とかメールなんて知らない方が、余計なことで連絡を取ったり、用もないのにメールしなきゃと思うより、いいんじゃないですか？　何か秘密がありそうで、すべてを知った気になるより……」

と、苦し紛れに言った。なによりみゆきに、図々しい軽い男と思われたくなかった。

「そういうのステキですよね。あまり意味のないメールのやりとりや電話をするより、次はいつ会えるかなって楽しみにするほうが」

「来週もピアノに来ますか？」

「何もなければ行くと思います」

さりげなくみゆきが答えた。

「でも……もし来週どちらかが、用事ができて来られなかったら、連絡することもできないし、ちょっと寂しいですね」

やはり連絡先を交換できれば、という期待を込めて悟が言う。

「私は行ってると思いますが、悟さんが来ない時は都合が悪いと思うし、二回三回とつづけて来なければ、よその土地に移って行ったと思うようにします。だから来たくても来られないんだって。お互いに会いたいと思う気持ちがあれば、絶対に会えますよ。だって、ピアノに来ればいいんですもの」

「そうですよね。お互いそう思って、毎週会っていたら面白いですね」

悟の言葉にみゆきはニコッと笑い、またグラスを手に取った。

飲み慣れない酒で酔ったのか、うるさかったカンツォーネが心地よくなっていた。

店を出て、悟は「じゃあ来週」と言って、みゆきをタクシーに乗せる。見送りながらまた早く木曜日にならないか、と正月を待つ子供のように内心はしゃいでいた。

その夜、悟はみゆきとのデートが首尾よくいったことや、デザインが間に合ったことで、ぐっすり眠ることができた。

おかげで金曜日は、充実した気持ちで出社した。

イタリアンレストランの案件はおおむね悟のデザインが通り、今度は建築屋を呼んで改装をいかに安く収めるかに問題が移った。どんぐり顔のオーナーは昼も夜も働くと気張っている。その気迫があれば、予算不足は解決できるだろう。確認のため現場に二、三回顔を出して、要所に気を配ればすみそうな気がした。

デスクで、一休みしていると携帯が震えた。高木からだった。

昨日、また三人で飲もうと思って電話したが、出ないのでピアノにいるなと踏んで山下と行ったら、悟と常連の女性客がデートらしく出て行った、とマスターが教えてくれたのだという。

「おい、お前！　俺たちを置いてどこへ行ったんだ。相手の女、先週お前がナンパしていた女だろ？　やったのか？」

矢継ぎ早にまくし立てる。電話だから周りには聞こえないはずだが、高木の文句を押さえるのが大変で、翌日の土曜日に母の見舞いに行った後、夕方から山下お勧めの居酒屋で待ち合わせることにした。

土曜日、ホームに向かう車の中で、悟はみゆきのことや、母のこと、仕事のことなどをぼんやりと考えていた。急にウキウキしたかと思えば、やけに悲しくなったりして危うく高速道路の降り口を通り過ぎそうになるほどだった。急ブレーキをかけ左に車を寄せたので、後方の車が慌てて左右にハンドルを切り、激しいクラクションが通り過ぎて行った。

だが施設が近づくにつれ、悟の気がかりは今の母の状態だけになっていった。ホームに着き、部屋の前で介護士の木村さんに母の様子を聞くと、一人でトイレも食事もできるようになったという。一安心したが、前回、医師の浅井先生に勧められた手術のことが気になっていた。

母は右手にギプスを付けたままだが、思ったより元気そうに見えた。悟を見ると半身を起こす。わざわざ身体を起こさなくても……と止めたが、母は悟に言い聞かせるように声をかけた。自分のことはもう心配しなくていい。長くは生きられないと分かっているし、先生もそのことをお前に言わないだけだよ、早くいい人を見つけて家庭を持ちなさい、と。

それは遠い昔、まだ父が存命の頃、子供の自分に童話を読んで寝かしつけてくれた、母の声のようだった。

母は長くないだろうと、悟にも分かっていた。骨ばかりでなく内臓も大分悪くなっているると、前回の見舞いの時に先生から聞いていた。やはり原因は、若い頃からの栄養不足と過度な労働のせいだろうと言っていたのを思い出し、悟は泣きそうになった。堪《こら》えて笑顔を作り、あえて母に尋ねた。

「そんなこと言うなよ、母さん。先生は腰や脚が弱っているから手術すれば楽に歩けるようになるって言ってるんだ。してみないか？　ちょっと我慢すればいいんだよ」

悟は、母が了解するとは端《はな》から思わなかったが、聞かずにはいられなかった。

すると母は作り笑いを見せて、

「身体中が壊れてるのに、骨だけ治してもしょうがないよ」

と淡々と言う。

そんな母の言葉を聞いて、悟はこれ以上勧める気にはなれなかったし、話を変えて母を励ます言葉も見当たらなかった。

このまま母が動けなくなり、食事もトイレも人に助けてもらわないと生きていけなくなれば、本人はどんな気持ちになるのだろう……。悟は先のことを考えて、暗い気分になった。

しかしすぐそう思う自分に対して、何と親不孝な愛情のない男だ、と情けなくなった。

母がウトウトと寝入るのを見てホームを後にした悟は、帰りの車の中でまたしても声を出して泣いた。夕暮れ時、前の車のテールランプが大きく滲んだ。

三田のマンションには帰らず、青山の会社の駐車場に車を置いてから高木と山下に電話して、広尾にある居酒屋に向かった。

店に入ると、もう高木と山下は大分出来上がっていた。相変わらず仕事の愚痴や、山下が当てた競馬の話で、周りの客を気にもとめずに大声で話をしている。「悪いな遅れて」と言いながら、二人の隣に座ると、高木が「おい水島、今日山下が万馬券取ったんだってよ！　お祝いだ〜じゃんじゃん飲もう、今日ははしごだ」などと、山下の少ない小遣いをはき出させようとする。

「よせよ。山下には女房子供がいるんだから、レバーとネギマ買って帰らなきゃだめなんだから」

悟も冗談を言った。

「レバーとネギマの話はやめてくれ」

山下が頭をかきながら笑う。

「なにせ、若手のＩＴ関係だからな〜このグーグルパーは」

「ゲームはＩＴとは関係ね〜よ」

「でもこいつ、パチンコやったり競馬やったりして、けっこう要領よく小遣い稼いでるんだよ」

高木が、褒めているのかけなしているのか分からないことを言う。

「いつも博打で小遣い稼いでるのか？」

悟が聞くと、

「うちのゲーム、まだいろいろなところに置いてあってな。下町の商店街とか、ゲームセンター、遊園地とか。よく壊れるから俺が修理に行くんだけど、機械を開けると小銭が必ず何百円か拾えるんだ」

「まだ、そんなことやってんのか。恥ずかしくねえか」

高木が笑いながら言った。

「何言ってんだ。お前ら、その金で飲んでるんじゃねえか」

「今日は競馬の金だろ！　いくら取ったんだ」

「三万六千円」

「お前、万馬券取ったって言ったけど三百円しか買わなかったのか」

「二千円をばらしたんだよ」

「一万ぐらい買ってたら、百二十万じゃねえか。このケチ」

「分かってれば買うよ、大穴なんだから」

「だからお前、大きな仕事ができねえんだ。壊れた機械から二、三百円拾って喜びやがって」

「お前だって、ハゲおやじの女とやって一か月家賃負けたりしてるじゃねえか」

悟は、二人の会話に笑うしかなかった。

突然、高木がしんみりした口調になった。

「水島、今日見舞いに行ったんだろ。どうだった、お母さん？」

「うん、本当のこと言うとあまり長くないみたいなんだよ。この間、手首折っちゃってよくなってはきてるんだけど……内臓も大分悪いらしいんだ。若い時の栄養不足がもとで、骨粗鬆症になって、お袋に申し訳ないよ……」

「お前のためにお母さん苦労したんだ……食べるものも食べないで……」

山下が急に涙ぐむ。

「山下、めそめそすんな……水島が可哀想だろ。早く飲め！」

高木が涙目で山下をなだめた。

もの悲しい雰囲気を吹っ切るかのように高木が、

「水島、お前、あの女と毎週木曜日、ピアノでデートしてんだろ。うまくいってんのか。どうなんだよ？」

「まだ一回しか会ってないよ」

「俺には分かる、お前のことは。ほれたな、あの女に。どうすんだ、どこに住んでんだ、何やってる娘《こ》？」

　立て続けに高木が聞いてくる。

「何も知らないよ、住所も仕事も……」

「じゃあ、どうやって連絡取るんだよ」

「ただ木曜の夕方、空いていたらピアノで会うと約束しただけで何もないよ。お互いにその時間が合えば会いましょうと決めたんだ」

「相手が来なかったらどうすんだ」

「一人でお茶飲んで帰るだけだよ」

「メールとか電話とかなしで？　相手に連絡しないのか」

「そういう付き合い方やめようってことにしたんだ。行けなかったらしょうがないし、何回か来なかったら自分のことキライになったと思えばいいんだから……」

「何か変な付き合い方！　そんなのありか？」

　高木には理解できないらしく、ぼそぼそと山下に話しかけた。

「でも、まだ一回デートしただけで、次の週は分からないじゃないか」

そうは言ったが、悟はちょっと不安になった。

聞いていた山下が、

「そういう付き合い方も面白いな。今どきの何でも手軽に連絡を取り合う人間関係、それじゃ悩んだり心配したり、心の葛藤がない。時代に逆らうようなアナログな付き合い方、それが本当の恋愛かもしれない」

自分の言葉に酔ったようにつぶやいた。

「お前、なに感動したようなこと言ってんだ！　なにがアナログだ。お前、そのアナログのゲーム機から百円とか二百円とか盗みやがって、この泥棒！」

「高木、あれは拾得物だ。だいたいお前その金で飲んでるじゃないか。何だ、泥棒とは！」

「悪い悪い、そうは言ってないよ。このねずみ小僧！」

「同じじゃねえか」

「でもな山下、曽野綾子も言ってるぞ！　困っている人にとってはどんな金で助けられてるかなんて、関係ない、博打の金だって人のためになればいいんだと」

「あのナントカ財団か。いいこと言うね～、よく女の校長であああいう女、いるよな～」

「あの人は小説家だよ、頼まれてやってるんだ」

「あんなに金をもってるんだったら、俺もやりたいな～」

「ばか！　お前なんかに頼むわけねえだろ～」

「そんなこと分かってるよ。でもよ、水島のデートで思いついたんだけど、今度アナログ恋愛ゲーム作ろうかなあ」

「どんなゲームだよ、またカメレオン出てくるのか」

「そうじゃないよ。それはもう忘れてくれ」

「じゃあ、どういうんだよ」

「だからサイコロ振ってな、出た目だけ進むんだ。今日は喫茶店に来なかった。今日はデートで食事。ホテルに行けた。でも、ゴム代がない」

「ばか！　それじゃ双六じゃねえか」

また二人の漫才が始まった。

「来週の木曜日はピアノでデート。いいな～、このスケベ」

周りを気にせず、高木が大きな声で騒ぐ。

その後、カラオケや深夜のラーメンなど、相変わらずのフルコースで部屋に戻ったのは朝六時に近かった。ウトウトしていると携帯が鳴り、出るとまたしても高木だった。

ラーメン屋の後、裏通りの汚いスナックで一杯やってから駅に向かう途中、早朝ソープなる看板が出ていたそうだ。入ってみようと看板の矢印の方向に歩いて行くと、後ろから新聞配達のおばさんが自転車で追い抜いて行きソープに新聞の束を持って入っていった。

客が朝刊なんか読むのかと思ったが、高木が店に入ってしばらくすると支配人が「ルミさんです！」と中年のおばさんを連れてきた。よく見ると、さっきの新聞配達のおばさんだったんだよ、とまくし立てる。

配達の途中にソープのアルバイトもしているんだ。俺は感心したね、と真面目に説明している高木に、ばかばかしくて吹き出した。

そういえば、こんな話もあった。高木が吉原のソープに行った時、支配人が出てきて「うちの娘はみんなフルーツの名前が付いています」と言って、店の娘の写真を見せ順番に紹介していったのだとか。

「これがアップルちゃん、ほっぺがかわいいでしょ」

「これがレモンちゃん、さわやかな感じがするでしょ」

「これがピーチちゃん、おしりが桃みたいなんですよ」

次に見せられた写真が色黒でしみだらけの女なので、高木が「この子、なんていうの？」と聞くと「梨です」と支配人が言ったという。そんな話を思い出して、また笑ってしまった。

山下は家に帰ってカミさんに怒られたのではと心配になったが、いつもの調子のよさで、うまくごまかしたかもな、と悟は思い直した。


日曜日は昼過ぎに起きて、お茶を飲みながら、みゆきは今頃働いているのだろうか、とまた彼女のことを考えていた。

しかし母親のことを思うと、のんびりとしてはいられない。きちんとしなければ……。何気なく仏壇を見ると、父の遺影に線香をあげていないことに気づき、母のこと、彼女のことなどを報告した。

自分には趣味がないと悟はよく思う時がある。日曜日なのに、ゴルフとか映画とか、せめて釣りとか、何か趣味を持っていれば、と思うが、今まで何かやりたいと思ったことはない。

もしかしたら、今は仕事が一番面白いのかもしれない。

仕方なくテレビをつける。特に観たい番組はないが、外国の刑事ドラマを何気なく観ていた。しかし、どれも同じような内容だ。主人公は白人、部下に若手の白人と黒人、女性の刑事、必ずいるのがコンピューターのプロでハッキングの天才。豚みたいに太った厚化粧の女か、いかにもおたく風のアジア人だ。いつも、プロファイリングから始まり、地元の刑事ともめて時間が来るとDNA、指紋がプロファイル通りの人物と一致して一件落着。

まるで外国版水戸黄門だが、つい観てしまう。合間で流れるCMは決まって、高齢化社会を反映してか膝腰の痛みが取れたり、目がよく見えるようになったり、デブが痩せたり、シミが取れたり、ウンコがよく出るようになったりするサプリメントの話ばかりだ。

また必ず画面の隅に、小さくて読みづらい字で、よく読むと「あくまでも個人の感想です」と書いてある。

そして、「効果効能を示すものではありません」とか「運動と食事制限を併用しています」とか、さらには今から三十分以内に買えば半額だとか言っている。ところが、二時間後に他のチャンネルでも同じことを言っている。それじゃ、その金額で一日中売ってんじゃねーかと思いながら、また明日から面倒くさい仕事がなきゃいいな〜、とボーっとしているうちに週末は過ぎていく。

月曜日、オフィスに顔を出すと、もう全員揃っていて何か会議をしているようだった。

部屋に入ってきた悟を見るなり岩本が「水島！　明日から一週間ばかり大阪に出張してくれないか？」と疑問形なのに、答えは決まっていると言わんばかりである。

「一週間もですか」

となると、木曜日は大阪だ。それでは、みゆきと会えない。悟は一瞬、たじろいだ。

「ホテルのロビーの件なんだけど、狭いのでエントランスのデザインを効率よく使えるようにすることと、最上階のフロアで朝と夜、食事ができるように使いたいらしいんだが、何せ大阪の支社が手一杯で、こちらに手伝ってもらえと親会社が言ってきているらしいんだ。うちとしては、うまいことこちらでできるような仕事をもらってきてほしいんだよ。あっはっは〜」

岩本が笑いながら気楽に話す。親会社がゼネコンなので断れないとは思ったが、「一週間っていつまでですか」と悟は聞いた。

「それは明日から、金曜日か土曜日までだろ……大阪支社とうまくやってくれ」

また悟に面倒な仕事を回してきたのがバレバレだ。

今週はみゆきに会えないのか、と悟は落ち込む。仕事なので仕方がないと納得しつつも、どうにか木曜日の夕方には帰って来ようと頭の中でとっさに考える。自分でも無茶と分かっているが、木曜日には東京にいたい。

「分かりました」

とりあえずそう答えて、岩本から現場や大阪の担当者の名前などを聞き、早めに帰って出張の準備をすることにした。

帰り道、悟は急に弱気になった。今週みゆきに会えなかったらどうしよう——。彼女はどう思うだろうか？　このまま二度と会えなくなるのでは……悪いようにしか考えられなくなる。

やっぱり携帯番号やアドレスでも教えてもらっておけばよかったと、急に後悔したが、それを使わないことで付き合いが始まったのも確かだ。

頭が混乱してきた。

家に帰り出張の準備をする。といっても、バッグにワイシャツや下着、靴下など二、三枚ずつ入れればすむ。あっという間に終わってしまった。

高木と山下に一週間出張すると電話を入れると、二人ともなぜか彼女とのことを心配してくれた。

「木曜日、彼女と会えないじゃないか。どうすんだ？」

仲間とは、ありがたいものだ。話しているうちに飲もうかという話になり、先日行った広尾の焼き鳥屋で待ち合わせることになった。

店に入るともう二人は来ていて、悟に気づかないらしく高木の笑い声が店中に響いていた。

「それで、お前、小銭ガメたの会社にばれたのか？」

「ああ。後ろに店員が立って見ていたのが分からなくて。小銭をポケットに入れるところを見られちゃってさ」

「それでどうした」

「ちゃんと封筒に入れて渡すつもりだったと、店員に言ったんだけど、俺の会社に電話されちゃって……」

高木が大笑いする。

「お前、クビになったんじゃないだろうな～」

「ならないよ！　ちゃんと会社に説明して、自分の金と機械の金を分けておかないと間違えるからって、丁寧に説明したんだ」

「それで大丈夫だったのか」

「まあ……どうにか」

「よかったな～また小銭使えるぞ！　しょうがねえな、このネズミ小僧は」

「石川五右衛門って言ってくれ！」

「何言ってるんだ、このこそ泥！　そんな大物じゃねえだろ。お前は間抜けなゲーム作ってればいいんだよ。カメレオンゲームとか……」

「それはやめろ。レバーとネギマ三本もやめろ」

「何言ってやがる！」

「またやってるのか、漫才を……」

やっと悟は二人の話に入ることができた。

「おお、水島！　明日から出張だって」

高木が言う。

「あの彼女に会えないじゃないか……」

続けて山下が心配そうに話しかける。

「いや、二、三日頑張って木曜日には帰ってくるつもりだよ」

無理とは分かっていたが、気張ってみせた。

「恋っていうのは恐ろしいな〜。あの彼女のためなら、こいつ何でもやりそうだ。ゲーム機から小銭を盗むなんてことだけはしないと思うが……」

高木がまた山下をからかう。

「もうその話はやめてくれ！　でも水島、あの彼女とまだ関係はないんだろ。もし見た目だけであっちの方がだめだったら、ショックだぞ！」

「おい、山下！　お前なんてこと言うんだ。なんだ、あっちの方っていうのは！」

「セックス」

「ばか！　そんな言葉を言うんじゃない。他の客だっているんだぞ」

「高木な～、これは重要な問題だぞ！　よく芸能人が別れる時、性格の不一致っていうだろ。あれは嘘だ。セックスの不一致だ」

「お前の言っていることはよく分かる」

「高木、そうだろ～。俺だってだてに結婚してるわけじゃない」

「うん、そうだな。お前のかみさんの顔見たら、セックスしかねえだろ。あの顔であっちがヘタだったら、殺してるよな～」

「うるせー、ひとのかみさんのこと言うな！」

「かみさんだってお前のこと、同じように思ってんじゃねえの？」

「おい、水島！　お前まで言うか」

「かみさんは俺の優しさ、少年のような誠実さに惚れたんだ」

「その通り！　この間、お前のかみさんが言ってた」

「何だって？」

「いつまでも子供のようだって……」

「そうか……褒めてたろう」

「褒めてたよ。包茎、短小、早漏で子供のようだって」

「そんなこと、かみさんが言うわけないだろ！」

「しかし水島、俺は山下の言うことも分かるな～」

高木が話を戻した。

「昔な～、モデルをやってた女と付き合ったことあったんだけど、本当にあっちの方がつまんなくてな、マグロってよく言うだろ。そんな感じだったんだよ」

「モデルって地下足袋とかヘルメットのモデル？」

「こら、山下！『寅壱』じゃねえんだ！」

「でもな～、俺あまりそういうこと、興味ないんだ」

「水島、お前、アッチの気があるの？」

「違うよ！」

「若いんだから変じゃないか。病気じゃないの？」

「俺なんか、少し病気になりたいよ～」

「高木はすごいからな～。女だったら上は八十ぐらいまで大丈夫だから……」

「なんだ山下！　人を変態みたいに言うな！　お前なんか、かみさん以外とやったことないだろ」

「あるよ」

「ある？　言ってみろ！」

「まず、かみさん」

「当たり前だろ、子供がいるんだから。あとなんだ？」

「こんにゃく、ちくわ、エロ写真、それから『テンガ』」

「馬鹿野郎！　間抜けな大喜利じゃねえんだ。どうせ言うならダッチワイフのよしこちゃんとか、テンガの花子ちゃんとか言えよ」

　また山下と高木の掛け合いが始まった。

「よし、お前が木曜日行けなかったら電話してくれ。俺が何気なく行って、出張してるらしいとうまく彼女に言っておいてやるから」

「高木、やめてくれよ！　そういうことはやらない約束だから……」

「でも、相手だって気があれば心配なもんだぞ。絶対、お前に内緒で来たと言うから」

「頼むからやめてくれ。それでだめになったらそれでいいんだ」

　話が変な方向にいくのを感じた悟は、明日早いのでと言って家に帰った。

翌朝は十時頃に新大阪駅に着き、メモにある大阪支社の島田という社員に電話をすると、東京の岩本から電話があったのか駅の近くで待っていて、すぐ迎えに来てくれた。

島田は二十代後半の若者で、昔のＴＶディレクターのように白のシャツにジーンズ、腰に赤いセーターを巻き付けて現れた。まるで、他の業種とは一線を画しているといった感じだ。

「お疲れさんです！　水島さんですか？　僕、島田いいます。今回は、ほんまにご苦労さんでした。早くて大変でしたでしょ。ちょっと待っといてください、タクシー拾いますんで」

大阪弁で挨拶されると改めて出張してきたんだな、と東京以外あまり知らない悟としては新鮮に感じられた。島田とタクシーでキタにある支社（大阪の歌やドラマに出てくるキタとかミナミのことだが）に数分で着いた。タクシーの車窓から見えた『がんこ寿司』という看板になぜか笑ってしまう。

大阪支社はオフィスビルの七階の全フロアを占めて手広く営業している。株主の大手ゼネコンの設計部門も同じビルにあり、そこから東京と大阪の支社が仕事を分けてもらっている。

大阪支社では、喫茶店の内装から大型ショッピングモールのデザイン、はては工業デザインまで手がけているらしい。島田に七階のフロアの片隅の、ホテルサンクチュアリという小さな札が掛かった部屋に案内された。

「部長、東京から水島さんが来はりました」

「ああ、どうもご苦労さまです。忙しいところ、ほんまにすいません。部長の高橋です。うちの部署だけでは扱いきれませんので、東京の岩本にお願いして腕のいい人を頼みましたんや」

さすが大阪人である。岩本と呼びすてにして立場の違いを暗に示したり、腕のいい人などと言って持ち上げたり、何気ないがたいしたものだ。

さすがにいい漫才師が出るわけだ。芸人のことなどたいして知らないのに、芸能評論家にでもなった気分だった。もっとも、気になったのは部長の高橋の頭で、テレビで見た韓国の外務大臣のカツラ同様、バレバレである。

これは気をつけなければいけない！

話の内容が、頭を切り換えてとか、話がずれたりしないようにとか、ホテルの上部に気を遣えとか、捉えようによっては全部カツラのことに思えてしまう。

「島田、今関わっているホテルの現場、ちょっと見てもらって泊まるホテルまで送ってあげてくれ。直接現場からホテルに行かんでもええんやでぇ」

高橋が笑いながら我々を送り出した。

悟には、大阪人の気取りのない対応が心地よかった。タクシーの中で島田が「水島さん、うちの部長の頭、笑うやろ。本人、ばれてない思てるんですわ。ほんでもバレバレなんで、言葉に気いつこうて、大変なんですわ」と笑いながら話しかけてきた。高橋と悟の様子を見ていて、感じるところがあったらしい。

まだ更地の建設予定地は、正面のエントランス部分が少し狭く、横に地下駐車場の出入り口を作るとなると、かなり不便なことになりそうだった。ホテルの正面に何台もの車をつけるスペースは、確保するのさえ難しい。

直接現場を見て、悟は思いきったことを考えた。

ホテルの正面は一般的には一方向に面しているだけだが、ここはホテルの右側にも車道があるので、正面と側面の二面を利用してエントランスにすればよさそうである。あとは施主が納得してくれるかどうかだ。

問題はロビーのスペースがあまり取れないこと。フロント、ラウンジ、化粧室、クロークなどは必ずいるし、それ以外にメインのエレベーターやエスカレーターなどを考えると大変な仕事になる。今まで通りの考え方では、とても収まらないだろう。

だからゼネコンは丸投げしたのか。しかし、最上階の夜景は周りの様子から判断して素晴らしそうである。朝はバイキング、夜は夜景を楽しんでもらう高級なレストランに、というホテル側の要望は充分に納得できた。

悟は、この間のイタリアンレストランのオーナーを思い出した。規模の大小にかかわらず、考えることは皆同じだな、と。その希望をかなえる我々の責任は重い、と真剣に考えた。

そんなふうに考えるのは、期待されて大阪に来たからなのかもしれない。

ところが、仕事に頭を集中させ脳を活性化させているつもりなのに、茹でていない栗の薄皮のように、みゆきのことが頭から剝がれない。今週は会えないだろうという不安に、いくら頑張っても、酸欠で高所で動けなくなった登山家の気分だった。

焼き鳥屋での笑い話が思い出される。

「いい女か？　つまんないい女か？　やってみなきゃ分からない」

山下は、そんなようなことを言っていた。

悟にとっては肉体関係などどうでもいいのだが……。

宿泊先のホテルに向かう途中、島田お勧めのうどん屋に寄った。関西の「きつね」うどんは東京と同じ。だが、それが蕎麦になると「たぬき」と呼ぶ。両方とも油揚げがのるのだ。

送られたホテルは、よくあるビジネスホテルで、ベッド一つにユニットバス、トイレ、小さな丸テーブルにテレビとコップ類、そして小さな冷蔵庫……。

「病室だと思えばいいか……」

急に母のことを思い出した。

冷蔵庫からビールを取り出し、ミックスナッツ（と書いてあるがほとんどがピーナッツで二、三個マカダミアナッツとかカシューナッツが入っているやつだ）をつまみに飲みながら、今日見たホテルの現場と設計図を頭に浮かべて考えた。

一階のロビーが狭いので中央にエスカレーターやエレベーターを設置すると、必要なものを配置するのは難しいだろう。悟は、思い切ってフロントを二階に持って行き、一階は中央にエレベーター、その周りを最近流行の螺旋のエスカレーターにして、それ以外をラウンジに、と考えた。さらに、エレベーターをスケルトンにすればかなり奇抜なデザインになるだろう。

二階にはフロント、クローク、化粧室が、空いたスペースには高級ブランド店などが並ぶようにして、一階を効率的に活用する。

色調は、悟の好きな濃紫《こむらさき》とシルバー、場所によってはゴールドのラインを入れてホテルのフロアの狭さを客に感じさせないようにしよう。そんなことを考えているうちに、初めての土地での仕事の緊張からか、いつのまにか寝入ってしまった。

深夜にドアチャイムが鳴った。驚いてドアスコープを覗いてみる。なんとそこには昔の女子プロレスラー、ダンプ松本みたいな金髪の頭にピンクのミニスカート、網タイツを履いた女が立っていた。

ドア越しに「なんですか?」と尋ねる。「島田さんに言われて来ました。水島さんですか」と女が答えた。

悟は人目につくのを恐れ、すぐにドアを開けた。エナメルの、やけにヒールが高いパンプスを履いた、化け物みたいな女が入ってくる。

悟は、デリヘル嬢だと分かる。島田って奴は何を考えてるんだと思ったが、怒りを抑えて「今そんな気分じゃないんで帰ってください。すいません」と丁寧に断った。

すると女は「あ！　チェンジですね！　分かりました」と言ってさっさと出て行った。

眠気が一気に吹っ飛んでしまった。チェンジということは違う女が来るってことか、と思う間もなく、またチャイムが鳴った。今度は、徹夜明けで疲れ果てた久本雅美みたいな、ガリガリの五十歳はとうに過ぎていそうな女が入ってきた。

悟はあきらめてなけなしの二万円を女に渡し、帰ってもらった。

しばらく今起こったことに圧倒されてぽかんとしていたが、デリヘル嬢の顔や対応していた自分を思い返し、島田になんと文句を言っていいか分からない自分が可笑しくて眠れなくなってしまった。


朝になって大阪支社に行き、昨夜考えたアイデアを高橋に提案してみた。島田も同席していたが、何事もなかったかのように相づちを打っていた。

だいたいの内容は好評だったが、螺旋エスカレーターなど斬新なアイデアは買うけれど、予算の問題で施主がどういう反応を示すか、と慎重な意見だった。

夕方になってもう一度、島田と現場に行くことになった。タクシーの車内で島田が、運転手がいるのも憚らず「どうでしたか、昨夜は？　よかったでしょう、まりんちゃん。ぽっちゃりしてて」と言う。

悟はあきれかえった。仕事仲間とはいえ、初対面の男にデリヘル嬢をよこすなんて……。

しかし島田は、悟の様子を気にとめるふうもなく「あの子、ほんまに仕事熱心で客に損させない。ええ子ですわ……」と続ける。

ミラー越しに運転手と目が合ってしまい、悟はいたたまれなかった。話を変えて、島田に支社のことを聞いた。どこも同じようなもので、高橋がほとんどの手柄を独り占めしてしまうとか。それは岩本と同じだった。二人とも初代会長の清水一郎の弟子なので、悪いところまでそっくりだ。

現場に到着し足を踏み入れた。高橋の言う通り螺旋エスカレーターでエレベーターを包むということは、一階のフロアを全部潰してしまいそうだし費用も相当かかりそうだった。

そこで悟は、中央にエレベーターを設置し、エスカレーターの代わりに全体を包むような大きな径の螺旋階段にしてはどうかと考え直した。そうすればコストは大幅に減らせるだろうし、階段から下のロビーが見渡せるようになる。

エレベーターがスケルトンなのでこれもいいかな、と悟は思った。

だが、ホテルは公共施設なので老人や障害を持った人に配慮しなければならない。それを一気に解決するため、階段ではなく緩やかなスロープにすればうまくいくのではないか。島田に相談し、すぐ支社に戻って簡単な模型の製作に入りたいと告げた。

「なるほど、それはいいアイデアでんな〜。東京の人は頭の切り替えが早くてええわ。わしなんか、まず中央にエスカレーターありきで考えとったから、そんな発想は端からでえへんでした」

島田は手放しで褒めてくれた。

支社に戻り、高橋に自分のアイデアを話す。高橋は納得したのか、すぐホテル側とゼネコンの設計部長に、悟の案をさも自分が思いついたように説明していた。

側で悟が聞いているのに、高橋はまったく気にせずに各部署の担当者にもその内容を話す。

「水島君、みな納得したようだけど、まずコンピューター画像で見本を作らないとね」

高橋が言う。すでにこの案は、高橋が考えたことになっている。コンピューターを使うことは構わないが、その映像が自分にはどうしても立体的に感じられずピンと来ないので、50か100分の1で模型を作ってもいいかと聞いた。高橋は不思議そうだった。

「今時、コンピューターを使いたがらない奴って、はじめてだな～」

「バーチャル画像というのが自分はどうもだめで、模型を作るという古いやり方を東京でもよく笑われます」

悟は内心、子供の頃の影響もあるなと分かっていたが、率直に言った。

「すいません、紙や絵の具で簡単な見本を作ってもいいですか」

「君ね～、夏休みの宿題やるんじゃないんだよ。今の時代、コンピューター使わないで物作りをするっていうのは時代遅れだろ？　建築関係だったら特にそうだ。模型といったって今は3Dプリンターもあるし、データを入力すれば形にしてくれる方法もあるのに……。どこの学校で勉強したの」

高橋があきれたように聞いてきた。

「すいません、間抜けな専門学校出身なもんで」

「間抜けな専門学校じゃ、この会社には入れないだろ。清水さんの親戚じゃないの？」

不思議そうに島田に聞いた高橋が、独り言のように、

「便利だと思うがな～、コンピューターの方が……。簡単に図面におこせるし、いろいろな角度から見ることもできるのに。まあ、君のやり方でやってくれて構わないけど、使ってみたら、コンピューター。今の時代に模型って、岩本にもちょっと文句を言っとかなあかんな！」

と笑って言った。

悟は高橋の意見に異論はない。今の時代、コンピューターを使うのは当たり前だと思う。

だが悟にとっては、人間が住む場所を二次元だけで作り上げるという方が不自然だっ

た。人が生活する家は、温もりが必要な場所なのだから、立体感や手触りを感じながら考えたかった。それに非効率的な古い方法が、新しい物になかった感覚を呼び覚ますこともあるだろう。一時のファッション業界などアフリカや東南アジア、中東などのネイティブな色合いやエスニックな要素を、皆が競って探し回って取り入れた時代もあったし、建築デザインでもバロックとかロココ、さらに古いロマネスクなどの様式から影響を受けたものは今でも見られる。

「どうしてもやってみたいんですが」

また悟が高橋に同意を求めた。すると高橋は、東京の岩本に気を遣うように言った。

「いや〜、岩本のところは、いろいろなタイプの社員を抱えて何にでも対応できるようにしているんだな〜勉強になるよ。水島君、任せた。やってみて！　あと数日しかないよ。コンピューターだったら一日か二日で充分だけど……君のやり方でやったら新しいアイデアが出てくるかもしれないしね。時間がかかったら来週も来てもらえばいいんだから」

こちらの都合も考えず、高橋は腹立たしげにすきなことを言っている。

悟は数日の徹夜を覚悟した。

先週も、みゆきに会う時間を作るため、泊まり込みでカップラーメンと菓子パンを食いながら必死に仕事をしたのを思い出した。

「じゃあ君、毎日遅くまでこの部屋を使うことになるね」

「たぶんそうだと思います」

悟は自虐的に答えた。

すると島田が、

「じゃあ夜はここに泊まりこんでその工作やるつもりでっか？　ほな、これがビルの入り口の暗証番号、これがこの部屋のキー。ほんじゃ頑張ってチョーダイ！」

と、笑えない財津一郎のマネをして出て行きかけ、

「飽きたらいつでも電話してください。一杯やって気分変えてもええし。あ、そうや！　まりんちゃん、連れて来ましょか？」

そう言い残して、部屋をあとにした。悟は冷や汗をかきながら、他の社員のデスクまで利用し準備を始めた。

まず一階と二階の空間を厚紙で囲い、針金、段ボールなどを使ってだいたいの形を作ってみた。その後、スチレンボードや厚紙でエレベーター、螺旋のスロープなどに取りかかり、彩色などかなり細かい作業に没頭した。夜中に突然、部屋のドアが開き驚いて身構えると、島田が女を連れて入ってくる。

「たこ焼きと焼きそば、どうでっか？　ハラへってまっしゃろ？　この娘《こ》、わしのお持ち帰りなんでっけど……なんなら置いていきましょか」

　唖然とした悟の顔をみて、まずいと思ったのか、

「こりゃ、お仕事中邪魔しちゃっちゃいかんな……これ、ここに置いていくさかい、早く食べんと冷めてしまいまっせ」

　と言いながら、レジ袋をデスクの上に置いた。

「そんなもん熱くてもまずいわ……」

　連れの女がこんなところに連れて来られて怒っているのか、島田に毒づく。

「お前、せっかく水島さんのために買うて来たのに、なんや、その言いぐさは！」

「ホテル代がないから会社の部屋を使おう思て連れて来たんでしょ」

「アホなこと言いないな。俺がそんな男に見えるか！」

「見えるわ。前にもここ連れて来て、やろうとしたやないの！」

　かかわりたくなかった悟は、二人を丁重に送り出し、たこ焼きを食いながら仕事を続けた。

　少しうとうとして目を覚ますと、出勤時間になっていた。島田は予想通り遅れている。

あの後、いろいろあったのだろうと思うと可笑しかった。

皆、悟の仕事の進み具合をみて驚いていた。今日は木曜日だ。悟は、みゆきに会うためいったん夕方までに帰京して、明朝にまた大阪に帰って来られたらと思っていた。だが今日か明日までにだいたいの見本を完成させ、施主や建設会社に出向いて、高橋と一緒に説明しなければいけない。

みゆきに会えるのは来週の木曜日になってしまうだろう。そう思うと憂鬱になった。

彩色したり、カッターでスチロールを切り出したりしながらふと、コンピューターを使ったらもっと早いのにと思う時もあったが、今更そんなことは言えない。それに、東京の岩本の耳にでも入ったら、と思うとひたすら作業に没頭するしかなかった。他人のデスクまで占領した仕事は、金曜日の夕方にはあらかた完成した。

職場の人間の驚いた顔が嬉しかった。高橋はというと、そんなそぶりも見せず、あくまで事務的に「明日、関係者に見てもらおう」と言う。

しかし悟は満足していた。みゆきに会えなかったうえに帰りは土曜日か、とがっくりはしたが、施主がどんな反応をみせるのか、高橋がどんな言い方をするのかに興味があった。どうせ、ほとんどのアイデアは高橋が考えたことになってしまうのだろうけれど。

土曜日、企画の提案は思いのほか好評で、エレベーターを二基おけないかとの意見も出たが、おおむね納得したようだった。

思った通り高橋は「水島君が僕のアイデアを忠実に再現してくれたおかげです」と、しっかり自分を売り込んでいた。

後は専門家の強度計算や費用対効果、——B／C《ビーバイシー》なんて言うらしいが——の算出に入るという。

「何か問題があったらまた大阪に来てください」

嬉しそうに話しかけられたのに、悟はやけに暗い気持ちになった。

そして土曜日の昼過ぎ、やっと東京に戻ることになった。

三田のマンションに直行すると、仏壇に線香をあげソファーに倒れ込んだ。朝から何も食べていない。食べ物を探したが、冷蔵庫を開けても一人暮らしなので何もなく、定食屋のよしかわに顔をだした。

看板娘のひろこが「いらっしゃい」と言いながら、水を置いて注文を聞く。いつも決まったものしか頼まないのに、ひろこは、必ず悟に話しかけて愛想よく厨房に向かう。しかし今日は「はい」と言ったきりで、一週間ぶりなのに何も話しかけてこなかった。

妙によそよそしい感じがするので、ひろこの後ろ姿を目で追った。すると奥の厨房で、いつもはひろこの父親が一人で料理を作っているのだが、きょうはもう一人、食器を洗ったり盛り付けをしたりする若い男の姿が見えた。どこか見たことがある。そうだ、店が混んでいる昼時、よく同席する男で、近所のスーパーや不動産のチラシを印刷している会社の工員だ。この定食屋の跡継ぎを、ひろこと両親がこの男に決めたのか。男は親父の言うことに、ハイハイと調子よく答えて仕事をしていた。跡取りの地位を取って代わられたようで、ヤキモチに近い感じがしてしまった。人間とは面白いものだ。

なにも相手に関心があるわけでもないのに、いざ相手がこちらに無関心になると、ちょっとさみしくなる。男女の別れ話や夫婦の関係もそうかもしれない。自分を否定された気になるのだろうか。

部屋に帰ると、高木から電話があった。

「木曜日、会えなかったんだろ。代わりに行ってやろうと思ったのに……」

いつもの調子だった。

「お前に行かれたら、彼女を取られちゃうよ」

悟が言うと、

「ばれたか！　あの女は、このプレイボーイの俺が見てもちょっと普通の女じゃない。品とか風情とか、何か俺達と同じ世界の人間じゃないぞ」

「そりゃあお前が見たら、普通の女じゃないよ。お前の普通は、ソープ嬢とかヘルス嬢なんだから……」

悟が笑いながら言うと、

「失礼なこと言うな！　浅草のたちんぼだって買ったことがある」

またお笑いにして全然堪《こた》えない。

「来週どうなんだ？」

「大阪の結果が月曜日か火曜日にしかわからないので、予定が組めないんだよ」

「山下も心配してたぞ。来週の木曜日は大丈夫かな、って。お前、今度会えないと二週連続だ。彼女だって気持ちが変わっちゃうかもしれないぞ」

「大丈夫だよ、今度は大阪に行くことになっても二日あれば充分だ」

悟は、その時に連絡すると言って電話を切った。

お腹が満たされたからか、また眠たくなってくる。今回の大阪行きが大分堪えたらしく、ソファーに横になった。

二人の宇宙人がみゆきの両腕をつかみ、こちらを見ている。宇宙人の顔をよく見ると岩本と高橋だった。悲しそうに悟を見ているみゆきの顔は、なんだか母の若い頃に似ているような気がした。

三人の身体が宙に浮き、夜空にのぼって行く。

「サヨーナラ～」

みゆきの声がこだまする。

ハッとして飛び起きた。嫌な夢だった。おとぎ話のような夢でも、悟には堪えた。昔、夢で飛び起きると正夢になるなんていう、フロイトの偽物みたいな奴もいたが、今の夢がそうではないように、と心から願った。


月曜日、祈るような気持ちで出社する。もし大阪から電話があり、岩本がまた自分を出張させるなんてことになったら大変だ。気が気ではなかった。

デスクを片付けていると岩本が来て、「おい！　水島、大阪から電話があってな」と告げる。

悟は震え上がった。また出張かと暗澹たる気持ちになる。

岩本は嬉しそうに、

「大分評判がいいらしい。みんな喜んでいるし、高橋なんか、さすが、あんたの弟子だな〜なんて言うんだよ」

と、しゃべりつづけた。

弟子になった覚えはないが、出張がなさそうなので一安心した。岩本は「高橋の奴、さては俺にヤキモチ焼いてるな？」と言いながら、自分のデスクに戻っていった。

悟は一仕事終わったという安堵感でボケっとし、つい子供の頃に歌っていたメロディが、口をついてしまった。「もう〜い〜くつ寝ると〜……給料日♪」

本当は「木曜日」と歌いたかったが、とっさに切り替えたのだ。笑ったのは坂上だけで、他の社員は悟の笑いのセンスのなさにあきれている。「小学生以下だ」と今村がつぶやき、吉田が下を向いて肩を震わせていた。悟は気にしていないふりをして、高木に電話し、火曜か水曜あたりなら時間があると伝えた。

「そうか。木曜日はダメだしな〜、山下に言っておくわ。でも、たまには彼女も連れて四人で飲んでもいいんじゃないか。本当のお前を知ってもらうためにも……」

「ソープが好きで、暇なら早朝ヘルス、浅草のたちんぼの相手もするとか、子供いるのにIT社員だっていってナンパして、レバーとネギマ三本頼んで女にばれた、っていうようなのが本当の自分か」

悟が言うと、電話の向こうで高木が大笑いしていた。

火曜日、いつもの三人が揃った。相変わらずの焼き鳥屋だが、高木がまた馬鹿話を始める。

「おい、前によ、ハゲおやじに見つかって家賃一か月分ただにした話しただろ」

「ああ、笑ったな」

「その女から電話があって、ハゲおやじと別れたから相談があるって言うんだよ。それで会ったんだけど……」

「あのマンションでか」

「ああ。そうしたらあの女、ハゲの代わりに俺にスポンサーになってくれって言うんだ。だから、お前のこと何も知らないんだよって答えると、付き合っているうちに分かるって言うのさ。俺も嫌いじゃないから……」

「大好きじゃねえか」

と山下が笑う。

「うるせーなー。その気になってやってたら、また、あのハゲが入ってきたんだよ！」

「お前、それ美人局《つつもたせ》じゃねえか？」

「そーなんだよ。また一か月分ただにされた」

「じゃあ、ハゲおやじとお前が二人で女囲ってるのと変わらないじゃないか」

「馬鹿野郎。ハゲは毎日、俺は月一回だ」

なんてくだらないことを言っているんだろう、この二人は……。

するとと山下が、

「高木、お前もたまには水島みたいな恋をしてみろ。名前しか知らなくて、二人が会える時だけ会う、こんなロマンチックな恋があるか」

「何言ってやがんだ！　俺だってそんな恋してるよ」

「お前がやってるわけないじゃないか」

「やってるよ、ソープ考えてみろ。名前しか知らないし指名しても先客があるときは会えない」

「もうお前とは話したくない」

高木にそう言われた山下がコップ酒をあおり、

「オヤジ、これ薄いよ。もっと濃くしてくれ！」

そう怒鳴ると「それ水ですけど……」と言われ、三人で大笑いした。

笑いながら高木が、

「もっと笑うのはな~そのおやじ、なんだか以前と感じが違うと思って頭をよく見たら、カツラかぶってやがんの。それが額の生え際から頭の上までスポンジを載せて縦に切ったようで、横もすっぽりスポンジを貼り付けた、秦の始皇帝の兵馬俑みたいだった」

「カツラにしたのか、そのスケベ」

「ああ。そのおやじが俺の顔見て、『分かるかい。これ、カツラなんだよ』って言うから、『カツラにしたんですか？　言われるまで気が付かなかったんですけど、本当ですか？』と言ってやったんだ」

「おやじ、なんて言った」

　と山下が尋ねる。

「最初は頭に振りかけるものを使ってたんだけど、あれは少し毛がないと駄目らしいんだ。女にアンコ玉みたいって言われて、すぐにカツラ屋に注文したんだって。『どうせそのうち新しいのが出るだろうから、安い物にしたんだけど、わりかしいいだろ』なんて言うんだよ。安物すぎるよ馬鹿野郎、このケチ男と思ったけど、またもめるのが嫌だから、『キダ・タローさんみたいで全然分かりません』と言ったら、本人納得しちゃって、『そうか、科学の進歩はすごいな～』なんて、ワケ分かんないこと言ってたぜ」

　すると山下が、

「俺もこの間、焼き肉屋でカツラのおやじを見つけたんだ。そいつ見てたら、焼き肉の煙がおでこの下から入って後頭部から出てくるんだ。そいつを無煙ロースター頭って名付けてやった」

悟は二人のバカ話を聞きながら、木曜日のデートをどうするか考えていた。


水曜日の朝、いよいよ明日はピアノに行く日だと思いながら出社した。

先日手がけたイタリアンレストランが、昼間だけ営業を始めたので行ってみることにする。店は、日本橋のオフィス街の裏通りにある。安くて美味いといわれれば、サラリーマンで行列ができるだろう。

本当に日本人は行列がすきだと思う。悟は昼時をさけて三時過ぎに店を訪ねた。店の名は「フィレンツェ」、夜は「サルディーニャ」としたらしい。あの、どんぐりオーナーの顔を思い出し笑った。

客がほとんどいなくなった店に顔を出すと、「すいません、オーダー三時までなんですけど」と、とてもイタリアンレストランのウエイトレスには見えない、大阪のたこ焼き屋のおばはんみたいな店員にいきなり声をかけられた。

「いや、ちょっとオーナーに用があって。清水デザイン研究所の水島です」

言いながら、奥の厨房に向かった。オーナーは笑顔で厨房から出てきて客用のテーブルを勧め、「いいですか？」と言ってこちらの返事も聞かず、煙草に火をつけて煙を吐き出した。

「どうですか、お客さんの反応は」

「どうにか今のところ大丈夫ですが、お客は浮気者ですから、メニューをいろいろ考えないと」

オーナーはやる気を見せている。

「メニューは固定したほうがいいんじゃないですか？　あまり増やすと客が迷うし、浅草なんか天丼の店とか、すき焼きとか、麦とろだけとかで有名な店、多いですよ」

「それでうまくいけば仕事も楽になるし、いいな〜。何かいいアイデアないですかね」

まじめな顔のオーナーには、うっすら髭が伸びていた。

「昼はパスタとスープだけにしたらどうですか。パスタだけだとナポリタンとかバジリコとかミートソースとか、ソースだけ用意しておけば楽でしょ。金額もそう高くはならないし、夜は店の名を替えたんだから料理も別にすればいいんじゃないですか」

「なるほど……。イタリアンと言っちゃうと、ピザとかオリーブを使った煮込み料理なんか客がいろいろ食べたがるので、パスタの店にしたほうがいいかもしれないな。従業員も減らせるし、みんな夜に回せば……」

「僕は本職じゃないので、客の立場でしか言えませんが」

オーナーに、これですべて解決するなどと思われたら大変だと思った悟は、相手の気持ちを抑えるのに苦労した。

「あと、入り口にメニューなんか書かなくても、そのうち口コミでパスタ専門の店という噂がたちますよ」

「看板はいらないですか」

「あってもいいとは思います。よく黒板にチョークでメニューと値段が書いてありますよね。だけど笑っちゃうのは本日のお勧め料理とかシェフの気まぐれ料理とか。お笑いのタレントが『それは前の日のあまりものじゃないか』なんて、テレビでネタにしてますからねぇ」

夜の営業はまだ準備ができていないが、なるべく早くオープンしたい、とオーナーは言っていた。今の状態では、夜の経営には足りないものがたくさん出てくるだろうな、と悟は思ったが、まずは昼をどうにかすることが先決だと思いつつオーナーと別れた。

会社に戻り、岩本にイタリアンレストランはまあまあらしいと報告。明日までに夜の営業に必要な大きなワインセラーやテーブルクロスなど、追加したい物のリストを集めてほしいと岩本に頼んで、デスクに戻った。しかし、明日の夕方までにやっておくべき仕事を、わざわざ自分で増やしてしまった。六時までには仕事を終え、ピアノに行かなくては。

帰る道すがら、何も食べてないことに気づき、よしかわに寄った。いつものようにひろこが注文を取りに来たが、なぜか元気がない。何かあったのだろうかと厨房を見たら、例の男の姿が見当たらなかった。もう、この仕事が嫌になったのだろうか。もしかすると、ひろこの親父さんやお袋さんとソリが合わなかったのか……。

今まで三人で切り盛りしていたところに他人が入ってくると、どんなにお互い気を遣っても難しいだろう。長年培ったものは、そう簡単に変えられない。

やはり、長く続いたものには趣がある。なぜか悟は、古物商みたいなことを思っていた。

部屋に戻ると、明日になってイタリアンレストランのオーナーや、大阪のホテル側が何か言ってこないか、岩本がまた勝手なことを言い出して退社時間が遅くなってしまわないかと気になりだし、急にそわそわした気分になった。

木曜日。

昨日の心配をよそに、大した案件もなく定時に退社することができた。ドキドキしながらピアノに向かう。いつも六時過ぎなので、少し早いかなと思いながらガラス越しに中をチラッとうかがう。みゆきはいなかった。

少し落ち込んだが、まだ時間が早いので気を取り直して中に入る。この前二人が座った席は他のカップルが占領しており、空いている奥の席に座った。店に入ってきた彼女が見つけてくれるかなと不安だった。

チラッと右奥の席を見ると、下を向いて話をしている二人組の男が目に入った。高木と山下だ。

悟はあきれ果てて二人に近づき、「なんだよ、おまえら！」と怒ったように声をかける。

「おう水島、偶然だな。俺達仕事のことで、ここで待ち合わせしたんだよ。なあ山下」

「ああ、今度立ち上げるＩＴ会社の株の件でよ～」

高木が山下のあいづちに、下を向いて笑っている。

さすがの悟も怒りと恥ずかしさで、笑うしかなかった。だが高木が真顔になって店の入口を見た時、悟も反射的に入口に目を向けた。そこにはみゆきが立っていた。

我々に気づく様子もなく、入口の近くの席に座る。遠くから見ても、やはり彼女は他の女性と違うような気がする。服の着こなしや、手に持っているバッグや、身に着けているアクセサリーなど、悟に価値はわからないが、どう見ても他の女性とは違うような雰囲気がある。すぐに悟はみゆきの前まで行って、「先週はすいませんでした」と頭を深々と下げた。

みゆきは悟の態度が可笑しかったのか、クスッと笑って「謝る必要ないですよ。そういう約束なんですから」と言いながら、席をすすめてくれた。

夢のようだった。その二人の前を高木と山下が、まるで北斎の浮世絵のごとく、提灯の火を頼りに前かがみで夜道を行く旅人みたいな恰好で出口に向かっていた。腹立たしくもあり、おかしく嬉しくもあった。

「すいません、先週はどうしてたんですか？」

「いつもの通りちょっと買い物をして、ここでお茶して帰りました」

「ああ、そうですか」

悟は、なんとなく拍子抜けして、そんな言葉しか出てこなかった。内心、一人きりでつまらなかったとか寂しかったとか、図々しくはあるが、そうしたニュアンスの言葉が欲しかったのだ。

急にみゆきが、

「今からコンサートに行きませんか？　知り合いからチケットをもらったんです。まだ間に合うと思うので」

と言った。

「はい、行きます」

悟はあまりに急な展開に、上官に命令された兵士のように答えた。タクシーの中でみゆきは、今日のコンサートの指揮者は小林研一郎という人で、東洋人として初めてチェコ・フィルを指揮し、そのスメタナの交響詩「わが祖国」は、全世界に中継されたすごい人だと教えてくれた。

今日は、ベートーベンの交響曲第五番とベルリオーズの幻想交響曲、そして「わが祖国」を演奏するらしいが、話を聞きながら悟は何も分からない自分を恥じた。

渋谷のオーチャードホールに着いた時には開演ベルが鳴り、客席の照明が落ちようとしていた。二人は他の客に気をつかいながら席に着いた。

他の客をよく見ると、ドレスコードはないだろうが、いかにもクラシックコンサート然として、それぞれスーツやドレスを着用している。悟は自分の恰好が急に恥ずかしくなり、「こんな姿で大丈夫ですか」とみゆきに聞いてみた。みゆきは「人に迷惑をかけなければどんな恰好でもいいんですよ」と、意に介さないふうであった。

改めて横目でみゆきを観察すると、身につけている物は、今時の若者が持っている、一目で高いか安いかが分かるブランド品ではない。そういうものはとっくに卒業したようで、もっとシンプルで品があるファッションだった。

この人は違う世界を生きて来た人だと思い、この先付き合っていけるのだろうかと、音楽そっちのけになってしまう。しかし、ラストに演奏されたスメタナの交響詩には心打たれた。現代人の忘れている民族性や東欧諸国の風景を見事に描きだし、小林研一郎のもと、我々を異次元の世界に連れて行ってくれるようだった。

コンサート後に近くの喫茶店で、スメタナの交響詩が第二次大戦後のソビエト支配による東欧諸国の悲しみや苦しみを見事に表現している、とみゆきに話したら、スメタナは一八〇〇年代後半のチェコの音楽家だと教えてくれた。何も知らないのに勝手に批評していた自分が恥ずかしかった。それでもクラシックを聴いた後、その曲について彼女と話せるなんて外国人のデートみたいな気がした。嬉しくなって、指揮者と言えば小澤征爾しか知らないのに、いろいろとみゆきに質問してしまった。

みゆきは、自分に気を遣って音楽の質問をしてくれているのだと思ったようだ。話題を悟の仕事に切り替えようとして、「今手がけているプロジェクト、大変なんですか」と聞く。

二人で、プライベートな話はなるべくやめようと約束したはずだった。しかし、その場の雰囲気もあって大阪に出張してホテルのロビーやエレベーター、エスカレーターなどの設計で一週間もかかってしまい、ピアノに行けなかった事情を一気にしゃべってしまった。

「あっ、すいません！　自分のことばかりしゃべって」

「あまり気にしないでください。それだと、これから会っても、何もしゃべれなくなってしまうじゃありませんか。なんでも程度の問題ですよ。毎日徹夜でホテルをデザインしていたんですね」

「木曜日の昼までに終わらせて、東京に帰ろうとしたんですが」

「いいですね、徹夜も厭わない仕事があるなんて……」

嫌いな仕事じゃないが、あなたに会う時間を作ろうという思いの方が強かったのだ、と内心思ったが、口に出せそうになかった。それに、口にしたら間抜けな口説き文句みたいになってしまうだろう。

「ホテルは、客室とかレストランとか、食器なども全部デザインするのですか」

と、みゆきが尋ねる。

「まあ、だいたいはゼネコン主導でメインの設計事務所に発注するのですが、その下にうちみたいなところが関わって、仕事を受けるんです。それで上の設計事務所に出張することもあります。だいたい一番問題にされるのは予算で、奇抜なものは敬遠されますね」

「ホテル一棟建てるのには、いろんな会社が関わってくるんですね」

「悪く言えば、予算をみんなで取り合うみたいなもんで、国会議員のように働きかけて予算を引っ張ってくるようなものです。実際、建設業なんてその最たるもので、うちの部長なんかも創業者のコネを使って、下請けですがよく仕事を取ってきますよ」

「お金が動くところには多くの人が関わるのですね」

「経済とは、そういうものでないと駄目らしいです。情けないですが……。あの、みゆきさん、この後どうしましょう。お腹減ってませんか？」

悟は、みゆきとの間が縮まったような気がして、尋ねる。

「私、焼き鳥屋さんで焼酎っていうの飲んでみたいんです。悟さん、よく行かれるんでしょ」

悟は驚いてしまった。

「私、本当に恥ずかしいんですけど、焼き鳥屋さんって行ったことがないんです」

「え、行ったことがないんですか、今まで？」

「そういう仲間がいなかったもので……」

悟は急に嬉しくなった。もっと彼女との距離が近くなるような気がした。

「じゃあちょっと、最近知った店でいいですか。夜中までやっている汚い店なので、服が汚れてしまうかもしれないけど」

「酔ってしまったらごめんなさい。私、お酒そんなに強くないので……」

悟は、高木と山下に連れて行かれた広尾の店にみゆきを連れて行った。入り口を開けると、そこには高木と山下の姿があって、すでに盛り上がっていた。

二人を見て高木が、

「何だ水島、ここに来るなら言っといてくれよ。席あけとくのに」

そして、みゆきに目を移して、

「ああ、ごめん。今日デートだったんですね。どこに行ったんですか」

と悪びれず聞いてくる。

悟が面倒くさそうに答えた。

「コンサートだよ」

「いいね〜。今、氷川きよし売れてるからな〜」

「山下！　何言ってんだ、ばか！　デートで氷川きよし行かねえだろ！　行くのはババアだけだ」

と高木が酔って突っ込む。

「クラシックのコンサートに行ってきたんだよ」

「クラシックか？　あ！　古いやつだな。東海林太郎とか、菅原都々子《つづこ》」

「あのね、それは古い歌手じゃないか！」

「じゃあ、浪曲とか義太夫とかか？」

「お前はもう黙ってろ。ベートーベンとかモーツァルトだよな？」

高木がとりなした。

みゆきは嬉しそうに笑っているが、悟は気が気ではなかった。

山下が隣の客に向かって言う。

「すいません、少し詰めてくれませんか。仲間の初焼き鳥デートなんで」

「おい山下、いいよ。他へ行くから」

「水島、何言ってるんだ。デートってのはこういう汚い焼き鳥屋がいいんだ。お互い気を遣わないし、本音で話せる。ましてここはこういう汚い店で無愛想なオヤジがいて、店員が馬鹿そうで、貧乏くさい客が、頭の中で食った焼き鳥の串の数と財布の中身を相談しながら、間抜けな仲間と上司の悪口や女房子供の愚痴を言い合う、自分の不運を浄化するところだ」

高木が力説する。

大分酔っているな、こいつら、と悟は思ったが、他の客が笑いながら場所をあけてくれて、悟とみゆきはカウンターに座った。オヤジは、二人に無愛想とか汚い店とか言われても笑っている。

「すいません。こんな感じで驚いたでしょ？」

「いいえ、全然。私、焼酎いただきます」

「え！　焼酎？　焼酎なんか飲むんですか？　水割り？　『吉四六《きっちょむ》』？　『千年の浮気』ってのは旨いですよ～」

「『千年の眠り』だろ、馬鹿！」

オヤジが「何しましょう」と注文を聞くと、すぐ高木が、「レバーとネギマはやめた方がいいですよ」と山下をからかう。

何も知らないみゆきは「おまかせします」と言って、出された焼酎をゆっくり飲み始めた。みゆきには言えないが、高木と山下がストリップ劇場の客のように、真剣な顔でポカンとみゆきを見ているのが可笑しかった。

「こいつら、今日ピアノで僕たちを見張ってたんですよ。二人が店からわからないように出て行く恰好が可笑しくて、しょうがなかったですよ」

悟が言うと、みゆきが思い出したように笑った。

「何か、落語の前座さんが座布団もって舞台の袖に歩いて行くみたいで」

意外なみゆきの反応に、悟は驚いた。

「みゆきさん、落語が好きなんですか」

高木が聞く。

「昔、父が落語好きで、新宿の末広亭なんかによく行きました」

「今度、寄席でも行きましょう、水島抜きで。末広亭、こいつが出てますから」

「え～、毎度お馴染みの落とし話で、ご機嫌を伺いますが、先生、最近物忘れが激しくて」

「いつ頃からですか？」

「何がですか？」

「お後がよろしいようで」

「なに乗ってんだよ、山下！　このへたくそ！」

調子に乗った二人と、これ以上いるのは危険だ。悟は「明日早いから」と二人に告げ、みゆきを連れて店を出た。

「あんな時間にあいつらがいるとは思わなかったので、すいません」

「とんでもない、二人ともいいお友達ですね、面白くて。焼き鳥もお酒も美味しかったし」

「いつもあんな調子で、みゆきさんがいなければもっとひどいですよ」

「私なんか気にせずに、いつもの調子でいいのに」

みゆきに、気にしているふうはなかった。近くでタクシーを停めて車に乗せる時、みゆきがいきなり悟の頬にキスをして、手を振りながら「またね」と言って去って行った。

悟には、何が起こったのか理解できなかった。

(みゆきが俺の頬にキスをした)

心は中学生のようにときめき、何だか分からない興奮を感じた。高木たちがいる焼き鳥屋に取って返すと、

「何だ、帰ってきたのか。ホテルにでも連れ込んだかと思ったよ」

と、相変わらず高木が、他の客を気にせずに騒ぐ。

すると山下がすかさず、

「あれお前、頬に口紅ついてるぞ!」

「コノヤロウ、外でやったな! ホテル代なかったのか? この貧乏人、どこでやっ

た？　電柱の陰か？　路地裏かな？　そんなところあったかな、この辺」

「うるさいよ、お前ら！　口紅なんかついてないよ」

言いながら悟は、カウンターに置いてあるおしぼりで頬を拭いた。高木に山下が言う。

「口紅ついてたよな～。いいな～こいつ」

「お前なんかこの間サウナに行ったら、チンポの先に口紅ついてたじゃねえか」

「やめろ、高木！　話が情けないよ！　チンポなんてどうだっていいんだ。チンポの話はやめろ……」

悟は、他の客が気になってしょうがなかったが、まだ二人は騒いでいる。

「でも、第一段階クリアだな。次はケツ触って次はパンツ……」

「山下の方が情けねえよ！　馬鹿」

みゆきの別れ際のキスが、妙に悟のテンションをあげてしまい、その後三人で場所を変えて飲むことになった。

山下が音頭をとって、大井町の行きつけだというスナックだかバーだか分からない店へ向かった。名前が「ムーミン」という情けなさで、女はママだけだった。酔っていることもあり、あまり店のことなど気にならず、山下がさっそく歌い出した。

高木と悟は、今流行っているらしいハイボールを飲みながら、時々調子の変わる山下の歌を笑いながら聴いていた。

なぜかきょうの高木は、ここまで悟に向かってみゆきや母のことを口にしなかった。いつもなら、いつホテルに誘うのかとか、結婚の約束をしたのかとか、お母さん大丈夫かとか聞いてくるのだが、あまり口を開かず何かを考えているようだった。高木は高木でいろいろあるんだろう。

高木の父親は裸一貫で不動産屋を興し、女房を三回も替えたから、高木には腹違いの弟と妹がいる。弟は、有名大学を卒業し大手銀行に就職。その後、父の事業を受け継いだ。

高木と父親にはあまり会話がない。というよりも、高木が家を出ているので会うことさえあまりないらしい。高木は親の持っている貸しビルの一階で、アパートやマンションを紹介する小さな商売しかやらせてもらえないが、父親の資産、つまり貸しビル、マンション、ラブホテル、土地などは相当な額になるだろう。しかし、父親は弟を跡継ぎに選んだ。

高木には母親の思い出がない。物心ついた頃に母親は亡くなり、父と後妻との暮らしだったという。

高木が耳元で、

「おい水島、お母さんどうだ、大事にしてやれよ。生きている間にやれることをやってやらないと悔いが残るぞ」

と自分の母親を思ってか、悲しそうにつぶやいた。

「ああ……先生は腰や脚の手術をしておかないと寝たきりになってしまう、と言っているんだが、お袋は手術は痛そうだし、内臓だって弱っているからやりたくないって言うんだよ。だから、手術しようと説得できなくて」

悟は、気にかかっていることを口にした。

「医者のヤロー、何かというと手術したり、いっぱい薬出したりして、年寄りだから失敗しても文句来ないと思ってるんじゃないか？」

「いや、先生も介護士さんもみんないい人だよ」

だが問題は、自分の甲斐性のなさだ。そこに山下が声を張って、

「美しい人生よ～♪　限りない喜びよ～♪」

「何が美しい人生だ！　テメーの顔見てみろ。外回りで真っ黒じゃねーか」

「そりゃ、松崎しげるだろ。俺じゃねえ～」

また、悲しい話が笑い話になってしまった。

金曜日の午前中に施設へ行くことにした。いつものことだが美女木や大泉あたりで混んで、ホームに時間通りつけるか心配だったがどうにか間に合った。先生に挨拶してから母の部屋に向かう。廊下でふと、悟は違和感を覚えた。前に手術を勧めた医者が、何も言ってこなかったからだ。母はどうなっているのか？

部屋に入るまで不安だった。ベッドの上で半身を起こし、母はじっとしていた。

「母さん、どうだい」

声をかけると母は悟の方に顔を向けた。

「何かお前が来そうな気がして、急に目が覚めてね。神様が起こしたのかね。今日がお前に会える最後の日だって」

「変なこと言うなよ」

悟は泣きそうになったが、思い切ってみゆきの話をした。

「母さん、今彼女ができそうなんだけど」

「へー、よかったね。どんな娘《こ》だい」

母は笑顔で答えた。

「うん、何かすごく今風の人じゃなくて品があって、俺と生まれがちがうのかな。今度連れて来るよ」

「うちは貧乏だったからごめんね」

「いや、そういう意味じゃないよ！　母さんが元気になって、三人で暮らせたらいいね」

悟は、余計なことを言って、母にかえって気を遣わせたように思えた。

「母さんのことは、もう考えなくていいよ。充分お前に面倒見てもらったからね、ありがとう。その娘さんと仲良く二人で暮らせるようになればいいと祈ってるよ」

悟はただ下を向いていた。

「それまでに早く死なきゃね。これ以上、お前に迷惑かけたくないし」

「そんなこと言うなよ」

「その娘だってお前と暮らすのは楽しみだろうけど、他人の親の世話なんて誰でも嫌なもんだよ」

やけに現実的に、彼女に対して母親として対抗意識でもあるのか、独り言のようにつぶやいた。母は今も、俺を自分だけのものと思っているのかもしれない。

悟は諭すように、

「母さん、彼女はそんな子じゃないよ。今度会ってくれよ」

と懇願した。

「いいよ、そんな面倒なことしなくても……。その娘だっていい迷惑だよ。こんな母親の姿見せたら、お前ふられちゃうよ！」

まだ気丈な母親を演じているのか、と悟は悲しかった。

帰り道、様々な思いが頭をよぎった。元気で働く母、一人団地に座っている子供の自分、みゆきの笑顔、高木の寂しそうな顔……。会社の駐車場に着いた時には、もう午後三時を回っていた。

デスクで、イタリアンレストランの夜の営業のための模様替えを考えていると、岩本が来て大阪にもう一度出張してほしいと言ってきた。

いずれは行かなければならないだろうと思ってはいたが、もうかとガックリする。来週からだと、また帰りが金曜か土曜になってしまう。

「明日から行って、水曜日の夜か木曜日の夕方までに東京に帰ってくるようにできませんか？」

岩本に聞く。

「向こうのスケジュールもあるから、簡単には変えられないだろう。ホテルの予定地の下水や電気の配管の件で、地下を何階まで作れるかペンディングになってた件があっただろ。大阪市と話を詰めた結果、どうにか地下二階まで作れるようになったらしい。バジェットやキャパも考えると、もう一度プレゼンのグランドデザインをコンシダーしてくれとオーダーしてきたんだ」

また訳の解らないカタカナ語が始まった。仕方なく悟は、土日を使ってデザインを考え直すことにした。月曜日に岩本が、大阪の高橋に市役所の係との調整を頼んでおくというので、大阪行きは早くとも火曜日になってしまう。岩本はさっそく大阪に電話しているらしく、いつものカタカナ語が漏れてくる。どうも、相手側が調整して電話をしてくるようだ。「よろしく」と言って俺の方に振り返り、「火曜日か水曜日あたりから行ってくれ。それまでいろいろ考えておいてくれよ」と調子のいいことを言う。

絶望的なスケジュールだ。とても木曜日に戻って来るなんて不可能だ。ヘタをするとまた木曜日がつぶれてしまいそうだ。

「おい、水島。お前、木曜日必ずデートしているらしいな？　ピアノのマスターが言ってたぞ。サーズデイナイトフィーバーか？　ジョン・トラ……何とかっていうのがやってたな～」

岩本はそう言うと、まるで似ていない、つまらない踊りのマネをした。それには、部屋にいた全員が見て見ぬ振りをした。悟は自分のデスクに戻り、考えた。

地下は二階までか。その地下をどう有効に使うかが問題だな。土日にゆっくり考えるか。たぶん岩本の様子では、大阪行きは水曜日あたりだろう。

土曜日。今日と明日二日でデザインを考えようとしたが、すぐ母のことやみゆきのことが頭に浮かんで仕事にならなかった。

高木や山下と会って一杯飲む気にもなれず、先日みゆきに連れて行ってもらった、小林研一郎のCDを買いに銀座のレコード店に行ってみた。

クラシックのコーナーへ行き店員に、

「すいません、小林研一郎のCDありますか」

と聞くと、

「あ〜、こばけんさんですか、いっぱいありますよ。どの辺がいいですか。日本フィルとのものとか、読売日響とのものとか、チェコ・フィルと共演したのもありますけど。サントリーホールのスメタナとか」

スメタナと聞いて、先日の感動した曲を思い出した悟が尋ねる。

「そのスメタナの祖国とかいうのありますか」

こいつミーハーだなと察したのか、店員が、

「スメタナの『わが祖国』ですか。オクタヴィア・レコードのがありますが。あとベルリオーズの幻想交響曲とかチャイコフスキー、マーラーもあります」

知識を振りかざす相手に腹が立つが、知らないものは知らない。

「すいません、スメタナの『わが祖国』しか知らないんです」

悟の正直さに心を入れ替えたのか、店員は急に丁寧な態度で小林研一郎についてよく教えてくれた。

今度みゆきに会ったら、にわか仕込みだが語ってみよう。どうせあとで恥をかくだろうが。部屋に戻りCDを聞きながら、久しぶりの心地よさについ寝入ってしまった。気が付いたときには日曜の朝だった。

明日には出張の日取りが決まるので、悟はもう一度ホテルのデザインを考えることにした。以前考えた、一階にエレベーターとそれを大きく囲むように螺旋状のスロープを作るのは譲れないと思ったが、地下二階まで使えるのなら一階のエントランスの幅が狭いので、エレベーターを二基にして、地下二階の駐車場からエレベーターを二階まで直行させてはどうだろう。地下二階全部を駐車場にして、地下一階はエレベーター以外、レストランなどにしたらいいのでは、と頭の中でイメージしてみた。問題は全館の色合いだろう。やっぱりメタリックになるかもという考えが、また広がってきた。

月曜日、思った通り火曜日にある程度準備して、水曜日に出張となった。

前回、大阪で手に入れるのに苦労した、スチレンボンド、ボール紙、カッター、スチレンボード、カラーマーカーなど新宿の世界堂で揃え、店のキャラクターの間抜けなモナリザに挨拶して部屋に戻ると、長引きそうな出張に備えて大きめのバッグに衣類や小物を押し込んだ。

またみゆきに会えないが、高木や山下に言うと妙な気をきかせてピアノに行き、俺をかばったりしたら大変だ、などと考えつつ足りない物をチェックした。

水曜日。新大阪駅に着くと新幹線の出口には連絡を受けていたのか、あの島田が迎えに来てくれていた。着いたら社に直行してくれと高橋が言っているというので、大阪支社に向かう。

島田がタクシーに行き先を告げると、ナビにすぐ道順や道路情報が表示される。便利な時代だとふと思ったが、今では当たり前のことで不思議でも何でもない。デザイナーのわりには俺も時代遅れな男だな、と反省した。支社では高橋が悟を待ち構えていた。デザインを変えるため、今からホテルの建設現場に行って建築士や役人、施主であるホテル側の人間ともう一度詰めてくれとのことだった。

　話を聞きながら悟は、高橋の頭を見てこの間の、高木と山下がしていた無煙ロースターー頭の話を思いだし、吹き出しそうになった。そこをうまくごまかし、島田と現場に向かった。

　現場には、関係者達が揃っていて、B1にも車寄せやVIPの駐車場を作りたいとのホテル側の提案に、全員が同意した。悟は、エレベーター二基、B1の半分をエントランス、各種店舗、駐車場とし、B2の駐車場から二階までエレベーターが直行できるようにして、一階と二階は前回の提案通りにしたいと伝えた。様々な意見が出たが、あまり大きな変更はなく、悟がホテルの建築模型を作ることになった。

　イタリアンレストランは1／6スケールで作ったが、今度はホテルである。どのくらいのスケールで作ればいいか考えた。例えば、帝国ホテルインペリアルタワーの基準階面積は五百五十坪程度だから、1／500から1／600スケールでさえ職場のデスク二個分のスペースが必要になる。デスクを二つ使えれば、今のホテルなら二百五十坪ほどなので、1／200から1／250くらいのスケールにはできるだろう。

　支社に帰り高橋に報告した後、島田がおでん屋で一杯やろうというので付き合うことにした。本当なら明日はみゆきとデートだったのにと思うと、有名な店なのに、悟にはうまいものを食べているという実感が湧かなかった。宿泊するホテルは前回と同じ独房のような部屋だ。明日の模型作りに必要な材料をともに確認するため部屋まで付き添ってくれた島田に、くれぐれもデリヘル嬢はよこさないように、とお願いした。

するとと島田は、

「やっぱり素人の娘の方がいいですか？　じゃあ、女子大生でメッチャ綺麗なのがいますんでそっちにしますか」

と、相変わらずこちらの気持ちが分かっていない。

「最近、女の子に興味ないんですよ」

悟が言う。

「そりゃもったいない話だわ。東京のデザイナーで水島さんみたいなカッコいい人が女嫌いでっか。そりゃマリリン・モンローにチンポがついてるみたいや」

と笑えないギャグを返しながら、

「ほな、明日……何か必要な物買っていきましょか？」

それでも親切にしてくれる。

島田を送り出すと、悟は明日からの作業を頭の中でシミュレーションしてみた。シミュレーションなんていう言葉が頭に浮かぶのは岩本の影響だな、とちょっと恥ずかしく思ったが、とりあえず縮小した図面を鉛筆と定規を使って描く。しかしいざ始めてみると悟の癖なのか、必ず徹夜になってしまう。明くる朝、眠い目を擦りながら職場に向かった。

　高橋、島田などスタッフに新しい図面を見せる。図面を見ながら島田が、

「さすが、水島さん。おでん食ったりビール飲んでたりしてる時も無口だったけど、これ考えてましたんか～。さすがやな～。女も呼んでないんでしょ？」

　悟が慌てるようなことを平気で言う。

「お前の紹介するよな女、誰が買うかい！」と高橋も大阪人の気質か、とりあえず突っ込みを入れてから、今回はいろいろな部署とコンビネーションとかストラクチャーとか、クライアント、バジェットなどと岩本のように語り出し、すぐ模型の製作に取りかかれと命じた。

　とりあえず昨夜から考えていた1／250スケールで作ろう。隣のデスクまで使い、ハサミ、カッター、スチレンボード、ボール紙、カラーマーカーなどを綺麗に並べて準備を始めた。

　それを見て高橋が、

「どうしてもアナログじゃないと水島君は駄目らしいな」

と鼻で笑う。

「でも、コンピューターを使っても同じくらいの時間がかかるんじゃないですか」

と悟の味方をする島田に、高橋は自分に反発していると思ったらしく、

「コンピューターは電気代だけだ！　水島君のやり方はもっと金がかかるだろ」

と島田に突っかかった。

島田は高橋に気兼ねして、

「建物の設計で、カッターや紙代がかかるって、子供の夏休みの宿題やないんやからね〜。でも、セックスで考えると、ＡＶ観てオナニーするのがコンピューターで、安い女を買ってやるのが水島さんのやり方じゃないんかな〜」

と、笑って悟を見る。

なんて品のない例えをする奴だと思ったが、自分にも気を遣ってくれるのが嬉しかった。悟は、みゆきのことも忘れて仕事にのめり込んだ。高木、山下からの電話も邪魔になるので携帯の電源も切った。早く仕事を終わらせようと、気合いを入れて取りかかった。

頑張ったおかげで、一週間足らずで模型はどうにか形になった。その間、関係者との付き合いや面倒な島田との飲み会、夜に島田から送り込まれる女の恐怖などもあったが、

うまく時間をやりくりして水曜日の午前中には完成した。関係者に見てもらい、その日大阪に泊まりになっても、木曜日の昼頃には帰京できるだろう。

悟のプレゼンが始まり、建築士が示す強度の問題や予算の変更など、多くの質問が出たがその都度的確に対処することができた。

結果、プレゼンは概ね好評であったが、高橋が「まだ、改善の余地はありますが、これを基本にファンダメンタルとして進めたいと思います」と、日本語に同じ意味のカタカナ語を重ねて挨拶した。

会議の後、オフィスでお茶を飲みながら、明日やっと彼女に会えるな、と思いながらホッとしていると、「水島さん！　お電話です！」と事務員が告げた。

そうだ、携帯の電源を切っていたっけ。そう思って受話器を取ると、相手は高木だった。

「高木か？　ごめん、忙しくて電源を切ってたんだ」

悟が謝ると高木は、いつもの調子ではなくあたふたした様子で、

「お前の職場に電話したら、大阪に出張していると聞いて電話したんだ！　おい、しっかりしろよ！」

「何が、しっかりしろだよ。何かあったのか？　携帯切ってて悪かったけど、仕事が忙しかったから」

「そんな話じゃないよ、水島。さっきホームの木村さんからお母さんのことで電話があって、お前に連絡を取りたいんだけど携帯がつながらないから会社に電話しようと思ったらしい。それでもその前に、俺にかけてきたんだ。お母さんがちょっと調子が悪いらしい。早く帰って来い。山下と先に行ってるから！」

悟は頭が真っ白になった。落ち着け落ち着け、と自分に言い聞かせる。来る時が来てしまった……。誰にも気づかれないよう、高橋に事情を話し一度東京へ戻りたいと伝えてからそっと退社した。島田が気配を察したのか、追いかけてきて悟に話しかける。

「何かあったんですか？」

そんな島田の不安そうな顔を初めて見た。

悟は母のことを正直に話した。なぜか島田には、前から親近感があった。島田は感情を抑えて事務的に言った。

「東京の方に荷物は送っておきますから、必要な物だけ持って早く新幹線に乗ってください」

どう島田に礼を言ったのかさえ分からないまま、気が付くと新幹線に乗っていた。席に座ったとたん涙が溢れ出し、ところかまわず泣いた。

隣の客が慌てたように、席を立っていった。東京駅には定刻に着いたが、悟にはいっそう長く感じられた。電車を乗り継ぎ、池袋から東武東上線の東松山まで行って、タクシーでホームに駆けつけた。入り口に高木と山下がポツンと立っているのを見たとたん、また涙が溢れた。

高木も山下も目が真っ赤だった。高木が、

「さっき、お母さん亡くなった。お前、間に合わなかったな」

と言って、大声で泣き出した。

悟は遺体の置かれた部屋に入り、眠ったように横たわる母のベッドの横で言葉も涙もなくただポツンとつっ立っていた。目を腫らしながらも、高木と山下は母や父方の親戚を聞き出そうと、テキパキ動いてくれる。親戚といっても父の弟家族しか存命ではないのだが。

東京までの車の手配、葬儀社との連絡など、一生懸命、悟の代わりに段取りをしてくれた。

高木は商売柄、マンション内の葬儀によく立ち会うらしく、お通夜や告別式の手順をよく知っていた。

その日のうちに、三田の自宅マンションに母の遺体を安置した。

悟は何も考えられず、高木と山下に任せきりだった。山下の妻まで駆けつけてくれ、明日のお通夜の通夜振る舞いまで三人で手配し、告別式とともに初七日、四十九日の法要を一緒に執り行うことにしてくれた。

高木達が帰った後、柩の横で悟はただ座っていた。自分はこの母に何をしてやれたのだろう……頭に浮かぶのは、旅行も食事も服も、母に何もしてあげられなかった自分に対する後悔ばかりだった。

目を覚まし気が付くと、そのまま柩の横で寝ていた。

いろいろ考えているうちに寝てしまったのか、時計を見ると午後三時を回っていた。山下が妻子を連れて手伝いに来てくれ、高木は時間に合わせて知り合いの僧侶を連れて来るらしい。

山下が受付らしく悟のデスクを入り口に置き、芳名帳などを用意して体裁を整えた。山下の妻はまとわりつく子供をしかりながら、酒や寿司などお決まりの品をテーブルに並べどうにかお通夜らしくしていた。

多分、弔問客は父親の親戚や悟の会社関係者くらいだろう、小さな部屋でも大丈夫だと山下が言いながら、母の写真の前に小さな台を置き、線香立てと焼香用の香炉を意味は分からないながらも揃えた。

お通夜は五時頃から始まった。皆、忙しいなかを来てくれた。悟の会社仲間も父の弟もすぐ帰って行ったが、びっくりしたのはなぜかイタリアンレストランのどんぐりオーナーが駆けつけてくれて、母の写真の前で号泣したことだった。この人は純粋で優しい人なんだな、と思った。

高木が代表して弔辞を読んでくれた。七時頃には一段落して部屋には悟と高木、そして山下一家しかいなくなった。

山下と妻は、退屈したらしい子供が「ママ、帰ろうよ〜帰ろうよ〜」と駄々をこねるのをなだめながら後片付けをしてくれている。

高木が「ちょっと飲み物でも買って来る」と言ってマンションを出ていった。悟は、すまなそうに母の横に座っているだけだった。

さっきまでぐずっていた山下の子供の笑い声が、隣の部屋から聞こえてきた。山下が子供をなだめるのに何かやっているらしく、子供の笑い声がやけに大きい。覗いてみると、風船太郎という大道芸人のマネをして子供を笑わせていた。

お通夜に笑い声かと、顰蹙を買いそうだが、悟にとっては友人のありがたさが身にしみた。

こんな時に不謹慎だが、今日は木曜日。二週連続でみゆきに会えなかったことが脳裏に浮かび、母の死やみゆきのことが千々に乱れ、俺はダメな男だとまた落ち込んだ。

明日の打ち合わせをして山下一家が帰った後、高木が部屋に戻ってきた。缶詰などを置いて「このサバ、意外にうまいんだ」と勝手に台所から皿やコップを出し、手際よく缶詰を開けると残った寿司までつまみにしてビールを注いだ。

高木がしんみりと、母の顔を見ながら言った。

「お前の母さん、偉いな〜。女手一つでお前を一人前に育てたんだからな」

「ありがたいよ」

悟がつぶやく。

高木は泣きそうな声で、

「お前に迷惑をかけないよう、手術も断って死んでいったんだぞ、感謝しろよ」

悟は高木の言葉でまた泣き出した。高木もそれにつられ声を震わせ「俺も母親のために泣いてみたいよ」と、母との思い出のない高木はお前がうらやましいと言って泣いていた。

突然玄関のチャイムが鳴り、出てみると大阪支社の島田が立っていた。大阪からわざわざ来てくれたのだ。悟に電話してもつながらず、東京の支社に連絡してここの場所を教えてもらったらしい。

島田は「これ、高橋からです」と、自分の香典袋と合わせて祭壇に供え、母の遺影に線香を上げてしばらく黙って座っていたが、二人の顔を見ると気を遣うように、「明日一番で大阪に帰ります。はよう元気になってください」と言って帰ろうと腰を上げた。すると、高木まで「俺がホテルまで送って行くわ。水島、じゃあ明日な！」と言って二人で帰って行った。

悟は母の顔をのぞいて「側にいられるのも今夜が最後か……」と、つくねんとしていた。

明くる日、区の葬儀場までは手配してあった地味な霊柩車で柩を運んだ。

火葬を終え、骨上げの時間が来る。悟は母の骨をハシで骨壺に入れながら、また涙した。

母の骨はポロポロと砕けて、なかなかつかめなかった。

若い時の栄養不足が原因とは分かっていたが、骨壺に入れた骨の嵩《かさ》に、また悲しくなった。

帰る道すがら高木が、

「お前のところは真言宗か？　弘法大師だな。南無阿弥陀仏、南無妙法蓮華経、どっちだった？」

「さっき坊さんが唸ってたじゃないか。俺もわかんないよ」

悟が答える。そして、吹っ切れたように言った。

「今日はもう休もう。岩本さんが休んでもいいって言ってくれたし、お前らも付き合えよ。お礼するから」

「待ってました！」

山下が言う。

しかし、高木だけはまだ寂しそうだった。

新橋で電車を降りて、古いビルに入った。中では、昼間から昔の仲間と飲んでいるリタイア組や、仕事はないがどうにか酒代くらいは出せそうといった人々で、思ったより混んでいた。

高木が冷や酒を飲みながら、悟に向かって言う。

「お前、また彼女待たしちゃったな。二週連続だぞ。俺、ピアノに行って彼女に来られない理由言ってくれればよかったかな。頑張って仕事して、お母さんの死に目にもあえなかった水島は、可哀想だよ」

「本当に可哀想だ！　みんな可哀想だ！」

急に山下が泣き出す。

どうも山下はピントがずれている。火葬場では淡々としていたのに、一段落したらいきなり泣き出した。山下なりに緊張し耐えていたのだろうか。悟はみゆきのことを考えていた。

来週会えるかな？　会えたとしても母のことなど言わない方がいいだろう。彼女に母のことを言うのはよそうと心に誓った。

翌日の土曜日、会社に出向き出勤していた仲間や岩本に礼を言い、来週以降の仕事を確認してから退社した。

日曜日は、香典返しを選びにデパートへ行った。何にしていいのか皆目分からなかったので、少人数だし昔から好きだった抽象画の画集を贈ることにした。贈られた方はカンディンスキー、モンドリアン、マレービッチなどの作品を見て、ピント外れと思うだろうが。

用がすむとなぜか、銀座を歩いてみたくなった。もしかしたら彼女に会えるかもしれないし、高級ブランド店で客の応対をしているみゆきがいるかもしれない。みゆきの仕事は分からないが、初めて会った時に単なる店員と言ったのを思いだし、銀座とか青山あたりの高級品を扱う店に勤めているのではないかと思った。

しかし、漫然と歩いたところでみゆきに会うことなどあるはずもない、と思い直した。三田のマンションに帰り、父と母の遺影に線香を上げ本当の独り者になったことを実感する。

木曜日、みゆきに会えたならこの孤独感もなくなる気がするが、彼女は来るだろうか？　そのことばかりが気になり、不安になってしまった。

月曜日に出社すると、岩本が話しかけて来て、イタリアンレストランが夜の営業を始めるらしいから顔を出してみてくれと言う。

店に出向くと昼と夜の入れ替え時で、看板も「サルディーニャ」と替わり、入り口に赤いカーペットが敷いてあった。厨房の明かりも暖色に変わり、岩本に頼んだ壁一面のワインセラーがなかなかの雰囲気を出している。

いろいろ見たあと従業員の制服を揃えることや、ソムリエの格好は定番の方がいいと感想を述べてから、接客態度についても意見した。メニューがあるのだから、店側が一方的に料理やソースの材料、食材の産地などをいちいち説明するのは、デートの時などかえって無粋だし、聞かれた時だけにした方が気が利いている、と悟が一番気になっていたことを、自分の経験だけを頼りに偉そうに講釈してしまった。

〝視察〟の帰りに定食屋のよしかわに寄ったが、また違う男が厨房に入っていた。何日もつだろうかと危惧したものの、ひろこや両親達と仲良く仕事をしている姿を見て、今度は大丈夫だろうと思い、さっさと食事をすませ部屋に戻る。

お茶を飲みながら、習慣になっている小林研一郎のスメタナ「わが祖国」を聞く。あと二日やり過ごせば、いよいよ彼女とデートだ。しかし、彼女が来なかったらどうしよう。父も母も死んでしまい、これで彼女までいなくなったらと考え込む。

やることがなくテレビをつけてみれば、最近流行りだした漫才の片割れがひな壇に座り、ハーフの馬鹿モデル相手にくだらない下ネタで笑いを取っている。何がそんなに可笑しいのか分からないが、こんな連中がホテルに泊まったり食事をしたりするのだから間接的には悟の客である、と得心した。

翌日出社すると次のプロジェクトは、四谷のテナントビルと決まっていた。ゼネコンの設計部門の下請けで、一階のフロントや会議室、休憩所をいつもの通りワンフロアに何でも詰め込むという。こうした癖を、この人達は変える気がないのかと思ったが、一応スタッフとして参加している。

そして明くる日、岩本のカタカナ語を聞きながら、今夜は悪友とどこに行こうかな、と考えていた。今日、三人で酒を飲んで時間を潰せば明日はみゆきに会える。ちょっと不安だが……。

高木に電話をすると、ピアノで待ち合わせようとからかうので「ピアノは木曜日だけだ！」と真面目に怒ってしまった。

高木は「ひっかかった」と大笑いして喜んだ。

夕方、イタリアンレストランのオーナーが気になり、二人をサルディーニャに連れて行った。ところが、悟と同じで高木も山下もメニューを見ても、ワイン、前菜、メイン料理と何一つ分からず、何を聞かれても美味いとしか言えなかった。山下などは、

「ここはヒデとロザンナとかジローラモとか来るんですか」

とバカな質問をする。高木が言った。

「ヒデは死んでるだろ。なんでここでスパゲッティ食うんだよ。食ってたらお化けじゃねえか」

あまり客がいなかったのでよかったが、誰かに聞かれたら本当に恥ずかしい思いをしただろう。

いよいよ木曜日だ！　朝から妙にソワソワして、写真の父や母に図々しく彼女のことをよろしくと頼み、トーストとお茶だけを口にして興奮を冷ましてから会社に向かう。

会社では岩本が忙しそうに、大阪のホテルの件で大阪支社の高橋とやりとりをしていた。

「ああ、工事始まりましたか。え、地下の配管を壊してしまったんですか？　うん、それで？　水が溢れたけど、うまくマスコミをごまかした？　ああ、それはよかったですね。もう杭打ちは始まったんですか？　分かりました。工事が具体的になったらこちらからも誰か送らなきゃダメですね、分かりました」

誰か送らなきゃって、俺しかいないじゃないかと、悟は思った。大阪に行くとなれば完工間近までいることになるが、そうなると二年近くなるだろう。どうしよう。悟は困惑したが、それより夕方のみゆきとのデートで頭がいっぱいで、ほかのことを考える余裕はなかった。

それからはただデスクで、色彩や素材などの建築関係の本を読んでいるフリをして時間を潰した。

五時半になった。ちょっと早いがピアノに向かう。外から店の中を見たが、いつもの席にみゆきは見当たらない。

まだ時間は早いと自分に言い聞かせ、店に入りお茶を飲みながらうつむいて待つ。入り口に人の気配がすると、すぐに顔を上げ、違う人だと落ち込んだように顔を伏せる、を繰り返した。この動きを人が見たら、変な奴がいると思うかもしれない。すると、下を向いている目の先にベージュのエナメルの靴が止まった。

「すみません、遅れて」

この声！　まさに二週間、待ち望んでいた瞬間だった。

悟は顔を上げられなかった。なぜか涙が出て止まらず、注文を取りに来たウエイトレスがオーダーを躊躇するくらいだった。

みゆきはゆっくりと隣に座りコーヒーを頼むと、何も悟に語りかけなかった。もしかすると、彼女は母のことを知っているんじゃないかとさえ思えた。

そういえばお通夜の日、高木が飲み物を買いに行くと言って一時間くらい戻ってこなかったが、もしかしたら彼女に会いに行ったのではないだろうか。

「どうも、二週もすいません。毎週来てたんですか」

涙の顔をとにかく見せないように、みゆきに尋ねた。

「ええ。相変わらず、ウィンドウショッピングした後ここに来て、悟さん来なさそうなので適当に帰りました」

「すいません、変なことを聞きますけど、先週高木が遅くに何か伝えに来ませんでしたか」

みゆきは不意をつかれたようだったが、気を取り直して言った。

「そういうことをしない約束でしょ」

「すいません。そうでしたね」

彼女に申し訳ないことを言ってしまった。でも、高木が彼女に伝えに来たと悟は確信した。

「今日はどうしましょう」

彼女に尋ねると、

「どこにも行かなくていいですよ。ここでお茶ですませても……」

「みゆきさん、もう大分暖かくなってきたので夜の海にでも行ってみませんか。汚い車しかないんですけど」

「いいですね。私、夜の海好きなんですよ」

「湘南でいいですか。第三京浜を使えば、すぐですから……。今すぐ車持ってきます」

「急がないでくださいね、事故でも起こしたら大変ですから」

マンションの駐車場に向かうタクシーの中で、悟は高木に感謝した。あいつは、デートが二週もボツになってしまったことを心配してくれたのだろう。今度あいつに何かあったら、俺がやってやらなきゃ。

三十分でピアノの前に車をつけた。みゆきが早足で、助手席に乗り込む。

心配したクラッチもあまり気にならず、目黒通りから環八を右に曲がりすぐ第三京浜に入った。茅ヶ崎から鎌倉方面に向かい、途中の路肩で車を停めて海を見ていた。知らない人が見たら二人のぎくしゃくした感じから恋人同士には見えなかっただろう。車の故障で困り果て、佇んでいる男女に見えたかもしれない。

「すいません。こんな排気ガスとホコリの中で、黒くよどんだ海を見てもつまらないですよね」

すると彼女は、海をじっと見ながら、

「海が青く光ってなくても、空気が澄んでなくても、道路が車でうるさくても、気にすることないですよ。そのお陰で光る海の美しさや素晴らしさが分かるんですから」

と独り言のようにつぶやいた。

どういう意味なのかはっきりとは分からなかったが、その口調と達観したようなみゆきのつぶやきが、悟の心を揺さぶった。

みゆきは母の死を知っている。高木がピアノに行って俺が行けない事情を伝えたのだろう。

痩せ細った母の姿、泣きはらした高木と山下の顔、介護士の木村さん、仏壇の父の遺影、いろいろな人達への思いが浮かんでは消え、悟は声を出して泣いてしまった。海を見ていたみゆきがそっと、涙に濡れた悟の目元を指先で拭った。悟は夢中でみゆきを抱きしめ、みゆきの胸に顔を埋《うず》めいつまでも泣いた。今みゆきは、母であり菩薩であり天使だった。


悟の会社は、出社時間や退社時間があまりキッチリ決まっていない。各自の関わっている仕事によって、早く来て早く帰る者や、またその逆の者もいる。岩本だけは遅く来て早く帰る、と皆悪口を言っている。

みゆきとは嬉しいことに、母の葬儀が終わって以来毎週会えた。もっとも、常にデートの時間は六時半頃なので、コンサートや芝居は最初から席に着くことができなかった。しかし何を観てもみゆきは理解できているらしく、公演の後の喫茶店での会話は、悟にとっていい先生から受ける授業のようだった。

一番意外だったのは、新宿の末広亭に行った日の帰りだ。

寄席のトリが「芝浜」をやったのだがあまりのヘタさに、さげの部分の「よそう。また『夢』になるといけねえ」という落ちが、聞いている我々にとっては「悪夢」のように聞こえてしまった。

みゆきは「芝浜」は桂三木助の十八番だが、気合いが入ったときの立川談志の「芝浜」はある部分狂気だとか、三代目春風亭柳好の「野ざらし」、古今亭志ん朝の「お見立て」など様々な名演を教えてくれた。「お見立て」は志ん朝の弟子が真打襲名披露の時によく演じる落語だが、とても師匠にはかなわないとか、古今亭志ん生の落語は画家で言えばピカソであり桂文楽はマチスじゃないかとか、絵画の世界にまで話が広がっていく。落語好きの悟でさえあたふたしてしまうほどの落語論を繰り広げる彼女には、感心させられた。

悟が志ん生の演じるカミさんは、腰巻きの暖かさと女の匂いがするような江戸っ子の奥さんで、それがたまらなくいい、と言うと彼女も笑いながら落語のマネをし、「お前、また亭主とけんかして俺に相談ばかりしてくるけど何で別れねぇんだ」と言ってから、「だって、寒いんだもの」と志ん生のマネで演ったのには驚いてしまった。

大阪のホテルが本格工事に入った。同時に内装の準備や機材の搬入などの作業が始まり、悟はうまくスケジュールを調整して、東京—大阪を行き来し仕事は順調に進行していた。だが、岩本からついに「水島、大阪のホテルの工事現場に一、二年常駐してくれないか？　もちろん昇進こみだ」と言われてしまった。

大阪にも優秀なスタッフがいるのにと思ったが、東京から大阪に常駐できる奴は、独身男の悟しかいない、と岩本は思ったのだろう。

そうなると、木曜日のみゆきとのデートはどうなる？　毎週帰って来られるのか？　頭が混乱した。一年以上も東京を離れるのか……。

その夜、高木、山下といつもの焼き鳥屋でそのことを話したが、高木は酒が入っていたせいもあって「そんなもの、結婚しちゃえばいいじゃないか」と簡単に言ってのけた。

「もう何回もやったんだろ……このスケベ」

「何回くらいだろうな……週一回として四×何か月だっけ」

山下が冗談で計算しだした。

悟は周りで聞き耳を立てている客が気になって、高木と山下を押さえるのに苦労した。

部屋に帰り、父と母にみゆきに結婚してくれと言ってみようと思っている、と報告した。

写真の父と母が笑っているように見えた。

十月から大阪に行ってくれと岩本に言われ、あと何か月かのうちに結婚を申し込まなければ、と一人悩んだ。

大井町の、いつもママしかいないスナック「ムーミン」で結局また二人に相談した。

「結婚するって、お前達そういう関係になったのか」

と高木が今回は真剣に聞くので、

「肉体関係？　そんなことしてないよ」

と悟は答える。

すると山下が不思議そうに、

「相手の女の気持ち、確認したのか？　お前が勝手に思ってるだけじゃないか」

「俺だってもう三十過ぎてるんだから、いろいろ経験してるよ。そんな男女の関係なんかどうでもいいし、一緒にいたいんだよ、彼女と」

「お前、三十過ぎてるって言うけど、心は小学生みたいじゃないか」

「そんな子供じゃないよ」

「だけどな、山下が前に言ってただろ。芸能人が別れるとき、考え方の違いとか時間が合わないとかよく言ってるけど、たいがい性的な不一致だって」

「肉体関係がなくって結婚したらおかしいのかな」

「いや、二人が愛し合っていれば、そんなことは関係ない」

山下が酔って怒鳴った。

「なんだ山下！　お前が最初に言ったんだろ」

「いや高木、年取ってジジイとババアになった時のことを考えてみろ。セックスの不一致なんてないだろ。熟年離婚なんていうのは考え方の違いか、亭主が金稼いで来なくなって邪魔になっただけだ。最近よく分かる。阿川佐和子、いい女だ、相手もいい。あいつら肉体関係が良好だと思うか？　そこじゃないだろ。やっぱり考え方がお互いに合うからだろ」

「なんだお前は、もうかみさんから嫌われてるのか」

「そんなことないよ。ただかみさん、倅《せがれ》の学校の心配ばかりで俺のことかまってくんないんだよ」

「お前の愚痴を聞きに来たわけじゃないぞ。悟のことを考えろ」

山下はまた酒と水を間違え「この酒薄いじゃないか」と言いながら、

「今一番大事なのはいつ、どこで、どうやって水島が彼女に結婚を申し込むかだ」

「おい、お前の場合はどこでどう申し込んだんだ。教えてやれよ、先輩なんだから」

「俺の場合、場所はラブホテル、会って二日目。女房に引っかかって」

「馬鹿野郎、なんの役にも立たないじゃねえか」

悟は大笑いしたかったが、自分のせいでこんな話になってしまって、苦笑しながら酒を飲むだけだった。山下がまた喋りだした。

「昔、俺の同僚が指輪を買って彼女に結婚を申し込みたいっていうんで、みんなでアイデアを出し合って考えたんだ。会社に古いモグラたたきのゲームがあったから、それを改造して端の穴から人の頭が出せるようにしてさ。機械を動かすとモグラがいろいろな穴から顔を出し、頃合いをみて男が穴から指輪を持って顔を出す。そして、結婚してくださいと、モグラをたたいてる彼女にプロポーズするという設定にしたんだよ。取引先のゲームセンターの隅にそのモグラたたきを持って行って、男を入れて待たしておいて、彼女を誘ってやらしたら夢中になってしまって、男が頭を出した瞬間、思いっきりハンマーでたたいて男はのびてしまった」

「嘘つけ。いくらバカ女でも気が付くだろう。もっとちゃんとした方法ねえのか」

高木が笑って、

「実際、彼女がＯＫするとは限らないんだから変な小細工をしないで、まず指輪を買ってお前がここだと思った時に結婚を申し込めばいいんだよ」

と、まとめに入った。

「どっかで指輪を買わなきゃな。高木、二人でついて行ってやろう。予算、どのくらいだ」

「一緒に行ってもいいけどよ〜、お前はどこで指輪買ったんだ」

「ココ山岡。破産しちゃって逃げちゃって、〝どこ？　山岡〟って呼ばれてる」

「お前はすぐ笑いに走るな〜。真剣に考えろ」

「おい悟、俺は一銭も金貯めてないけど、お前貯金してるんだろうな」

「少しだけど。婚約指輪ってのは給料の何か月分だっけ」

「そんなの、宝石屋が勝手に儲けようとしたCMだよ。百万以内で十分だろ。お前の給料が上がったら、新しいの買ってやればいいじゃないか」

　相手の気持ちを、と言ったことも忘れたかのように、二人は盛り上がっていた。

「明日の夕方、銀座に行こう。六時半頃でいいだろう」

「さあ、歌うか」

　山下が、カラオケのマイクを摑んで言った。

「ママ、『別れても好きな人』頼む」

「お前バカか。結婚の話をしている時に、何だその歌は！　これから二人で明日に向かって進むんだぞ」

「じゃあ何にする」

「これから一緒に歩いて行くんだったら、水前寺清子の『三百六十五歩のマーチ』とかどうだ、二人が地道に暮らしていく感じだろ」

「そうだな〜。ママ、それ頼む」

と山下がまたマイクを摑む。

イントロが流れ山下が歌い出した。

「しあわせは〜♪　歩いて来ない、だーから私も歩かない♪」

「バカ歩け、お前も歩け」

高木が合の手を入れる。

「一日一歩〜♪　三日で三歩〜三歩下がって、二歩下がる〜♪」

「お前、五歩も下がってるぞ！　もっとちゃんとした歌ねえか？　『ラブレター』とかどうだ？」

「何それ、誰の歌？」

山下はブルーハーツを知らないらしい。

「その歌も失恋の歌だぞ！」

悟が言うと、

「じゃあ景気よく、『リンダリンダ』でも歌うか」

「その歌なら知ってるよ」

イントロがかかると山下が踊り出した。

「ホテトル嬢買ったら～チンポの先が痛くなり～♪　リンダリンダ～、リンダリンダリンダ～♪」

「もう、お前の歌はいい。明日忘れるなよ」

高木が酒をハイボールに替えて飲み出した。山下は相変わらず「美しい人生よ～♪限りない喜びよ～♪」と真っ黒な顔をして松崎しげるをやっていた。


翌日、銀座の宝飾店の前に三人がいた。店に入る前に、山下が「彼女の指輪のサイズ、分かってんのか？」と聞くので「知らないよ」と、悟は答えた。

「じゃあ、どうするんだ？」

とりあえず、買ってサイズが合わなきゃ、また店に行って直してもらえばいいんじゃないか、と相談していると、不審者とでも思ったのか、いつの間にかガードマンが二人、入り口付近に立ってこちらをうかがっていた。

店に入り応対に出た店員に、婚約指輪を見せてもらうことにする。

「ご予算は?」と聞かれ「百万円以内で」と言うと、ショーケースの中から九十万ほどの指輪を出してきた。

悟は思い切ってその指輪を買うことにしたが、指のサイズを聞かれてはたと困った。
すると高木が、「お嬢さん、ちょっと手を」と店員の手を取り指を触りながら、「これくらいの感じだな~」と適当なことを言う。

ただ手を握りたかっただけじゃないか、こいつ、と思ったが「サイズは7から9ぐらいじゃないですか?」と店員が何気なく手をふりほどいた。

「じゃあ8にしとくか? なあ、山下」

高木が勝手に決めてしまい、「これ一つください」と山下がまるで飴でも買うように注文した。結局九十万の指輪を買い、開けてすぐ相手に見せられるようにリボンや包装を断った。ケース入りの指輪をポケットに入れ、明日の木曜日どうやって彼女に渡すか……プロポーズのタイミングを考えていた。

店から出て行く三人に、店員が「おめでとうございます」と声をかけた。悟はなぜか恥ずかしくなり、結婚を申し込むのにこんな気苦労があるのか、よくこんなに多くの夫婦がいるな、と思った。高木が「よしこれから前祝いだ! 一杯行くか」と言ったが、山下は「俺、ちょっとここで失礼するわ」と寂しそうに言う。

「なんでだよ」

高木が聞く。

「俺、かみさんに指輪なんて買ってやったことなんてなくて、何か申し訳なくなっちゃったから、たまには家で飲もうかと思うんだ」

と、寂しそうに帰ろうとする。

「じゃあ、悟と二人で飯でも食って帰るわ」

気にかけない素振りをみせて高木がそう言い、山下を二人で見送った。新橋の焼き鳥屋で二人、焼酎を飲んではみたものの、妙にしんみりした感じになった。久々に見た山下の後ろ姿が堪えたのか、高木が言う。

「みんな大変なんだな、気楽そうに見えてもそれぞれ問題を抱えてるんだ」

お前だってもっと大変じゃないかと悟は思った。

父親との関係、跡取りの腹違いの弟、継母——。親がいくら金を持っていても、それだけで幸せにはなれないのだ。悟は、気持ちを切り替えるようにきっぱりと言った。

「おい高木。明日、前みたいに山下とピアノに見物に来るなよ。プロポーズするかもしれないんだから、そんなことしたら本気で怒るぞ」

「絶対にしないよ」

いつも冗談で返してくる高木にしては珍しく、神妙に答えた。

いよいよ木曜日、悟は朝からソワソワして仕事が手につかない。十月に出向するのに必要な業者との打ち合わせや、什器の見本などをチェックするが、さっぱり頭に入ってこなかった。今日みゆきにどうやって指輪を渡すか？　どこでプロポーズするか？　レストランか？　車の中か？　また海に行ってみようか？　なんだか大声で叫びたい気分だった。

少し早いが広尾にタクシーで向かい、六時にはピアノに着いた。ドキドキと心臓が高鳴っているのが分かる。店に入りいつもの席に座った。みゆきはまだ来ていなかった。

もしかして、あの二人組が様子を見に来ているのではないか……。店内を見回したが杞憂だった。

ホッとしてお茶を飲んだが、心は上の空で、無理して仕事のことを考えようと思ってはみても、心臓の高鳴りは収まらなかった。

時計を見ると、いつもの時間より三十分ほど過ぎていた。

一時間、一時間半と時が過ぎていく。今日、何か彼女は来られない事情があるのかと不安がよぎる。今まで彼女が来なかったことはないはずだ。二時間が過ぎたころ、悟は店を出ることにした。立ち上がると、ポケットに入れた指輪のケースが太腿に当たりそれが嫌がらせのように感じられる。こんな日に限って彼女が来ない。

何という巡り合わせだ、彼女に何かあったんじゃないだろうか？　繰り返しそんなふうに考えてしまう。

俺はついてない男だと思う。親の死に目にはあえなかったし、結婚を申し込む日にも彼女は来ない。悟は落ち込んだ。会計をすませ、マスターやウエイトレスの視線を背中に感じながら店をあとにした。

これまで、彼女にだって何回か同じ思いをさせたのだから、罰が当たったのかもしれない。

外に出ると、高木と山下が心配そうに現れた。

「彼女、来なかったみたいだな～」

高木が寂しそうにつぶやいた。

「ああ、何か用があったんじゃないかな」

「何もこんな日に限って来ないなんて、面白くないよ。嬉しそうな顔見たくて、お前の来る一時間も前から道の向こうで見張ってたのに」

山下が残念そうに言った。

「悪いけど、俺帰るわ」

そう二人に告げ、悟はあてもなく歩き出した。三田のマンションに着いた時は、十時を回っていた。

いきなり携帯が鳴った。知らない番号だった。みゆきかと思ったが、そんなことはあるはずがない。携帯を手に取ると、すぐ切れてしまった。

両親に線香を上げ、「また来週だ」と独りごちながら、出がらしのお茶を飲み一人ボーっとしていた。そうだ、高木に電話してみるか、と携帯を取る。高木はすぐに出た。作ったような明るい口調で、今山下と飲んでいると言う。みゆきのことに触れないように言葉を選んでいるな、と思わせる口ぶりだった。

悟は、来なかったみゆきを思うと、少し腹が立った。だが、何を自分勝手なと反省し、高木の気遣うような誘いも断った。インテリア関係の本を広げたが、何を見ているのかさえ分からなかった。

その後は苦しい日々だった。

新しい週が始まり、新しいテナントビルのデザインを考えてはみても、気持ちが集中できない。見かねた岩本が、

「水島君、ここのところ君の色彩、変じゃないか？　前だったら、その配色はよくないな、と思っていても、完成近くなると急にその色が意味を持ってきたりしていたが、今回はそれが見えてこないんだよな〜」

いつものカタカナ語は使わず、心配げに言ってきた。

「やっぱり、大阪行くのは大変だもんな〜。でも、出世したんだから頑張ってよ！」

普段のような文句の言い方ではなく、何か悟に気を遣っている様子がかえって悲しかった。友人だけでなく、この岩本まで……。

マンションに戻り、ここは解約して九月の後半には引っ越しをしないといけないと考えた。部屋の中を見回したが、たいしたものはなく、段ボール数個とベッド、デスク、仏壇くらいですんでしまいそうだ。

たいしてやることが見つからず、かといってテレビを見るとか、酒を飲む気にもなれず、仏壇の脇に置いてある指輪のケースを見て、みゆきのことを考えた。次の木曜日があるじゃないか。俺なんか二回も三回も行けなかったんだから、みゆきだって、まさか俺が結婚を申し込もうとしているだなんて知るはずがないし、何か事情があって来なかったんだろう。それも初めてだ……。

いよいよ、待ちにまった木曜日が来た。

悟は、いつどこで指輪を渡そうかなんて考えずに、いきなり結婚を申し込もうと思った。やけになっているのか、男らしく振る舞おうとしているのか分からないが、そう決心した。

テナントビルとイタリアンレストランにまつわる雑用をこなしながら、心はみゆきが来るかどうかばかり気になっている。高木や山下にも木曜日は特別な意味を持ってしまったらしく、電話して来ない。

五時半になると退社する者、仕事を続けている者と、オフィスがザワザワしてきた。悟は入学試験の発表を見に行くような気持ちになってドキドキしだし、それを気づかれないように落ち着いたフリをしてデスクに座っていた。今日は少し遅れていこう。

六時半頃ピアノに着き、冷静を装って席に座った。店の中にみゆきの姿は見当たらず、少し不安になったがまだ六時半だ。ポケットに入れた指輪のケースを何気なく触り、コーヒーを頼んで待つ。マスターやウエイトレス、他の客みんなが自分を見ている気がする。

それでも「いらっしゃいませ」というウエイトレスの声が聞こえるたびに、反射的に入り口を見てしまい、みゆきではないことにがっかりする。二時間があっという間に経ってしまった。

「今日もだめか」と悟があきらめかけると、マスターが水を持ってきながら「水島さん、いつもの綺麗な女性、この頃来ませんね」と慰めのようにも、興味本位のようにも聞こえる調子で尋ねる。

「今日は来ないみたいですね。毎回約束しているわけじゃないんで、空いていたら毎週どうですか、という仲ですから。すいません、気を遣っていただいて」

悟は答えた。

「そうなんですか。お互い気を遣わなくていいですね、今の若い奴らに教えたいです。最近、変な事件が多くなりましたよね、ストーカーなんていって。今はメールとかラインとかすぐ使うけど、かえって面倒なことになりますよね」

あまり相手をする気分ではないが、マスターに合わせて相づちを打つ。

調子に乗ったマスターがつづける。

「そういうスマホを使ってばかりの今の人間関係というのは、うわべの付き合いで、相手との心の繋がりはかえって薄くなってる気がしますよね」

店の若い女の子としか話すことはないだろうに、評論家みたいなことを言う。会計をすまし三田まで歩いて帰ろうとしたが、なぜか車で湘南へ行きたくなった。会社の地下駐車場から車を出す。第三京浜を思いっきり走りたくなった。走るといっても、もう古くなったBMWは目黒通りから第三京浜と走るうち、クラッチがへたっているからか、飛ばしているのか流しているのか分からなくなる。会社帰りのサラリーマンの走りにしか見えなかった。それでも走りつづけ、みゆきと見た海をしばらく眺めていた。

もう六月も半ばだ。外は大分蒸し暑くなっている。遊びの車の往来が多くなり、クラクションの音もうるさく、アスファルトの熱気と排気ガスのムッとする臭いが強くなっていた。

もしそばにみゆきがいたら、この臭いも気にならないし心地よく感じられたかもしれない。幸せな気持ちになんて、大切なものが一つだけあればなれるものなのかもしれない。

来週は会えなくなって三回目の木曜日になる。もし彼女が来なかったらあきらめよう、出会った頃そんな話をしたっけ。二、三回来なかったらよその土地に移っていったと思えばいいって……。

そして三回目の木曜日、悟はいつも通りピアノにいた。

マスターやウエイトレスがレジの横に立ち、興味深そうにジーっとこちらを見ている。どちらが水を持って行くか揉めていやがる。イライラする自分が大人げない。

他人の色恋沙汰は、面白いのだろう。今日もみゆきは来なかった。もう彼女のことはあきらめよう、三回連続来ないってことは、自分に会いたくなくなったということだ。メソメソするな、男だろ！

「早くあきらめろ」と悟の心が怒っている。また会計だけして帰って行く悟を、あのマスターとウエイトレスが話の種にするのだろう。

何も気にしていないふうに外に出るのは難しい。映画俳優の気持ちがよく分かる。もう、マンションまで歩くことも、車でドライブすることもやめた。

ポケットの中の指輪ケースの角がこすれ、フェルトがはげかけていた。その日以降、悟はピアノに行かなくなった。


何度か高木たちがプロポーズの結果を聞いてきたが、彼女が来なくなったとは言えず、タイミングが取れなかったりきっかけがつかめなかったりで、今も相変わらず食事などに行くだけだ、とごまかした。

高木と山下は、度胸がなさ過ぎる、本当に夫婦になりたいのならその場で押し倒すような気持ちじゃなければダメだ、と悟を勇気づけた。だがそうこうしているうちに、あと数週間で大阪に出向する日が迫っていた。

　また、例の木曜日になった。今日はデートの日だろと言う二人を、まあいいからと呼び出し、新橋の最近なじみになった焼き鳥屋で、高木と山下に彼女とのことを正直に話した。また一、二年したら東京に帰ってくるのでよろしく、と言いたくて誘ったんだと悟は語った。

「え〜！　お前が指輪を渡そうと思ったその日から来なくなった？」

「それは知ってるだろう、山下。俺ら、見張っていたんだから」

「おとぎ話みたいだろ」

　悟は苦笑いで答えた。

「アキレスと亀みたいだな」

　山下が言うと、

「バカ、どこがアキレスと亀みたいなんだ」

「高木、アキレスと亀の話知らないのか？　一つのパラドックスだ。足の速いアキレスは、前を歩いている亀に永久に追いつけない」

「なに言ってんだ、亀なんかすぐ追いつけるだろう。アキレスは歩けないのか？　はっていったって、すぐ追いつくよ」

「違うよ。アキレスが亀との差を半分ずつ縮めていっても、永久に半分が続きアキレスは亀に追いつけないんだよ」

「お前は、そんなことばかり言ってるから、カメレオンゲームなんて作るんだよ」

「関係ないだろう！」

　山下が怒る。

「じゃあ、悟がアキレスであの彼女が亀か」

「そうだよ。高木、たまには本を読め」

「あのさあ、亀がついているのは男の方だろ。じゃあ、こういうのはどうだ？　アキレスとポン引きって話」

「なんだそれ」

「悟が逃げても、ポン引きの彼女が追ってくる」

「もういいよ、終わったんだから……ずいぶん時間も経ったし」

「だけどな～お前、三回で本当に彼女をあきらめられるのか？　今日は木曜日だろ。もしかしたら、それから来てるかもしれないぞ」

　悟は恥ずかしそうに、

「そりゃあ俺だって、行ってみたくはなるよ」

「今、マスターに電話して聞いてやろうか？　彼女、来てるかもしれないぞ。おい山下、ピアノに電話してみろ」

「もういいんだよ！　そんなことしなくても。自分で決めたことだから。今日はそのためにお前ら誘ったんだから。もっと飲めよ、俺も来月から大阪だ」

「よ！　係長！」

山下が座を盛り上げようとする。

「ばか、嘘でも社長さんと言え」

「それじゃあ、タイの客引きじゃないか！」

悟は二人をカラオケに誘い、さらにスナックでも大いに飲んだが、二人が落ち込んでいる気配がして申し訳なくなった。


いよいよ大阪に出向する日だ。一週間前に大阪の島田に頼んでおいた荷物が、新居のマンションに届いているから、手荷物だけで新幹線に乗ればすむ。前日、東京支社のメンバーや高木、山下が送別会をやってくれたのだが、ホームにはまた高木と山下が送りに来てくれた。

電話してくれとか、大阪行くからおごれとか、女見つけといてくれとか、相変わらずの会話だが、二人とも涙ぐんでいた。

　列車が動き始め、手を振る二人が遠ざかっていく。

「さあ、大阪で仕事だ」

　悟は東京での出来事、みゆきのことを吹っ切るようにつぶやいた。

　それでも、みゆきも急に転勤になったのかな、などといつまでたっても彼女を思い出してしまう。不謹慎な言い方だが、逃した魚は大きいということわざが頭に浮かぶ。そんな自分が恥ずかしくなった。

　新大阪に着くと、島田が待っていた。悟の手荷物を持ってくれて、すぐ支社に向かいましょうと言う。支社に着くと高橋や社員が拍手で迎えてくれた。悟が係長で大阪に赴任したのにともない、東京の岩本と大阪の高橋がともに役員に昇格したらしい。

「今日は水島君の歓迎パーティーをやりまっせ」

　みんなが「わーー！」と歓声を上げる。

　悟はこれから何年かの大阪人との付き合いで、東京での悲しい思い出も消えるだろうと思った。食い道楽と言われるだけあって、大阪での歓迎会は盛り上がって悟は嬉しかった。

宴会が終わり、マンションに向かうタクシーには島田が同乗してくれた。入り口の暗証番号や部屋のキー、ゴミの日や近所のスーパーなどいろいろ教えてくれ、部屋まで付いてきてくれた。途中、島田に風俗に誘われやしまいかと恐ろしかったが、何事もなくホッとした。

部屋に入ると、荷物は整理してありほとんど片付いていた。部屋には両親の遺影も飾ってあり、仏具もきちんとした位置に置いてあった。

「島田さんがやってくれたんですか？　すいません」

「何言うてはりますの、これから仲間やないですか。そんなことあたりまえや。ただ一度だけベッドを使わせてもらいましたわ」

また冗談を言う。

さすが大阪人だ。島田とは高木、山下と同じような友人になれるだろうと悟は感じた。

*

大阪での一年はあっという間に過ぎた。ホテルの外装はほとんど完成して、機材の搬入もあらかた終わり、いよいよ内装工事に入った。何回か高木や山下から電話があったが、二人とも忙しそうで、なかなか大阪に来る時間はとれそうになかった。

悟もまだ、東京に行く気にはなれなかった。土日をかけて行けば行けないことはないが、相変わらずみゆきのことが心にひっかかりどうしてもそんな気持ちにはなれなかった。

大阪での飲み相手はもっぱら島田と会社の仲間の今井や横山だったが、毎回高橋のカツラの話で盛り上がった。ゴルフの練習場でレッスンプロにヘッドアップがひどいと言われ、クラブを振るときに頭を押さえられて、カツラだけそのままに頭が回ってしまったそうだ。カツラのもみあげ部分が高橋の鼻の上に載って、ローマの戦士みたいになってしまったという話や、高橋が公園の長椅子で昼寝をしていたらカッコウが托卵したなんていう、ありえそうにない話まで出てきたのだった。

大阪の生活に慣れたというよりは、すでに大阪人になっているような気がした。

しかし、みんなと別れ一人マンションに帰ると、東京から出向してきた孤独なサラリーマンになってしまう。仏壇の両親に線香を上げ、一日の出来事などを報告。その仏壇の隅には、みゆきに渡そうとした指輪のケースがぽつんと置いてあった。やや色あせたそれを見るたび、みゆきを思い出してしまう自分に、母の帰りを待つ鍵っ子時代に戻ったような気がしていた。この指輪はそのうち、大阪のどこかに捨てようと思った。

大阪の仕事は、わりに順調だったが、内装の若干の手直しや色彩の変更が重なり、さらに半年がまたたく間に過ぎていった。その間、東京の山下から久しぶりに電話が入った。山下の子供が学校でいじめに遭い困っていると高木に相談したら、高木の会社に出入りしている土建屋の若い衆を連れて学校へ出向き、山下の子供をいじめているグループを呼び出して、近所の公園でシバキ倒したのだという。普通なら大変な問題になりそうなものだが、高木の父親や叔父の助けで騒ぎにはならず、いじめもやんだそうだ。いかにも高木らしい解決法だ、と山下は笑った。悟も笑いながら聞いてはいたが、事件にならなかったと聞いて安心した。高木の立場を考えると、大事《おおごと》になれば会社での立場も危うくなっていただろう。

内装工事も先が見えてきたある朝、悟は、捨てようと決めた指輪をポケットに入れ、ホテルの工事現場に向かった。工事の進捗状況やこの先の準備、職人との打ち合わせなどを終えて、その日の仕事を仕舞にした。

現場から近くの環状線の駅へ向かう道中に、ＣＤやＤＶＤの店がある。今日も、店の中からは今流行っているらしいグループの音楽が聞こえてきて、店頭にディスプレイされたテレビでは女性アイドルのプロモーションビデオが流れていた。

壁にはいろいろなアーティストのポスターがベタベタと張ってある。DVDは仕事の邪魔になるのでほとんど見ないが、たまにはCDでも買うか、と店内に入った。

店内を物色しているうちに、悟はいつのまにかクラシックコーナーに立っていた。未練などないつもりでいても、やはりみゆきのことを忘れられない自分がいる。

なにを買っていいのかも分からないので、店員にお勧めでも聞いてみるかと辺りを見回す。CDが売れない時代のCD屋だけあってか、レジ以外に店員は見当たらなかった。

仕方がないので、棚の上に置かれた数枚のチラシを手に取ってみると、「ナオミ・チューリング　よみがえる幻の名演」と太文字で書いてあり、若い娘がドレス姿でヴァイオリンを弾く写真が添えてある。

「みゆき」だ！　悟は目を疑った。ずいぶん若いけれども、どう見てもみゆきにしか見えない。

悟は夢中で、チラシの活字を目で追った。

「突如、音楽界から姿を消したナオミ・チューリングの、ヨーロッパツアー時の音源を入手。最新の技術により見事に復元した名演の数々」

CD自体の発売はかなり以前のようだが、最近また話題になっているらしい。悟はそのCDを買い、チラシを手にしてすぐマンションに帰った。CDについていたライナーノーツを、一文字も見逃さぬよう必死で読んだ。

ナオミ・チューリングはみゆきと同一人物なのか。それとも他人のそら似なのか。

このナオミという人は、いったい何者なんだ……。

CDの解説によるとナオミ・チューリング（旧姓古田奈緒美）は、十八歳にしてチャイコフスキー国際コンクールを始め、ロン＝ティボー国際コンクール、ヴィエニャフスキ国際ヴァイオリン・コンクールなど数々の国際コンクールで入賞を果たし、国内外で天才ヴァイオリニストとして人気を博した、という。

オーストリア留学中、ピアニストのミハエル・チューリングと二十歳で結婚。ヨーロッパを中心に演奏活動をしていたが、二〇〇七年、ミハエルの急死により活動を中止。帰国の後、音楽界から引退している。

悟は夢中で活字を追った。

今回のベスト盤は、パガニーニ：24のカプリース、J・S・バッハ：ヴァイオリンソナタ、イザイ：無伴奏ヴァイオリンソナタなどだ。チャイコフスキーのヴァイオリン協奏曲やメンデルスゾーン、ベートーベンなど悟が知っている曲はほとんどないが、ナオミ・チューリングが、ヨーロッパ各地の会場で演奏した質のよい音源を集め、日本のレコード会社がドイツの版元から権利を買って発売にこぎ着けたらしい。

ＣＤにはジャケットの一枚以外、写真は載っていなかった。

もしかしてナオミという娘が、ミハエル・チューリングと死別した後、日本に帰ってきてみゆきと名乗っていたのかもしれない。年齢も今なら三十代半ばくらいになっているはずだ。

そう思うと、悟はすぐにでも確認したい衝動に駆られた。東京の高木に連絡を取り、チラシとＣＤを送るというと、自分で買うよとのこと。発売元や写真の女性の件を、山下とすぐに調べて二、三日中に電話をするかファックスで会社に送ると言ってくれた。

悟は、ネット検索さえうまくできない自分のことは棚に上げ、ナオミって子はどこに住んでいるかも調べてほしい、今どういう生活をしているかも分かるんじゃないか、とにかくなるべく早く頼むなどと、高木に無理難題を次々と押しつけた。

「おれは興信所じゃねえぞ。でも頑張って山下と調べるから、まあ、待ってろよ」

と、悟の頼みを快く引き受けてくれた。

ともあれ、せっかく買ったのだから、CDを聴いてみようと思った。ところが、いざ聴こうとすると、なぜだか怖くなって、どうしてもプレイボタンが押せない。

心が激しく揺れて、気分まで悪くなってくる。

早く調べてほしいと思う一方、結局は分からずじまいならいいのに、とも思う。

ナオミがみゆきであってほしいと思う気持ちと、そうではない方がよいという気持ちが激しく交錯する。悟は、どうしたらいいのか分からなくなった。

もしみゆきだったら、俺はどうすればいいんだ……もし彼女の意思でピアノに来なくなったのなら、彼女を探すような行為は迷惑じゃないのか……。そんなことばかり考えているうちに、いつしか窓の外が明るくなっていた。

朝方、すこしだけまどろみはしたが、やはりナオミのことが気になって眠ったという感覚のないまま現場に向かった。

ホテルは完成も目前になっていて、職人の仕事のチェックやB1、一階、二階に入るテナントや内装の仕上げなどオープンに向かって急ピッチで進んでいる。

「水島さんもうすぐですね。ホテルが完成したら、また東京に戻るんですか」

と島田が聞く。

「いや、このまま大阪にいたいですわ。気が楽で生活しやすいし」

お世辞を言う水島に、島田がなお、

「このまま大阪に住んだらどうでっか？　嫁さんもこっちで見つけたらよろしいがな。気ぃつかわんと、そうしなはれ、な？」

とたたみかけてくる。

「そうですね」と答えながら、心の中ではナオミのことが頭から離れず、高木の連絡を心待ちにしていた。

そのせいか、職人との会話もチグハグで、悟の指示がコロコロ変わってしまい、「いったいどうすりゃええんでっか？」と怒られる始末だった。

数日後の昼過ぎに高木から電話が入った。すぐ出ると、悟が何か言う前に喋りだす。

「大変だぞ、水島！　落ち着いて聞けよ、いいか。落ち着け！　分かったか」

何か高木の方が興奮しているようだ。

悟は、身を固くした。何かとんでもないことがあったのだろうか。聞くのが怖かったが、平静を装い「早く教えろよ」と高木を促した。

「お前が言ってたCD、なかなか売ってるところがなくってな、銀座の大型店でやっと見つけたよ」

「うん、それで」

「チラシとＣＤの冊子を見て、発売元のフリッツジャパンとかいう会社に電話をしたんだ。ラジオ局の者だと嘘をついて……。ナオミさんに番組に出てほしいんだっていったら、担当者が出てきてさ。インタビューは難しいって言うんだよ。でも、宣伝はしてほしいんだろうな、いろいろ聞いたら教えてくれてね。ずいぶん前から発売を計画していて、ナオミ・チューリング——日本では旧姓の古田奈緒美というらしいが——に打診したんだけど、本人が日本名を出すのを嫌がってナオミ・チューリングという名前で発売することになったんだって。

二〇一五年の十月に世界同時発売するために、ドイツの会社と早くから打ち合わせをして、なんとか契約にこぎ着けた矢先の六月上旬に、ナオミさんが交通事故で入院してしまったんだそうだ。それで本人と直接連絡がとれなくなったんで、ナオミさんのお姉さんに弁護士を通じて連絡して、ようやく発売に至ったんだってよ。どうだ俺の実力は！　普通の奴だったら絶対にここまで聞けなかったぞ。商売っていうのは怖いな。人の不幸まで宣伝に使って儲けようというんだから」

悟はイライラしてきた。ナオミのＣＤなんかどうでもいい。ナオミという人は、みゆきなのかそうじゃないのか？　怒鳴りそうになる気持ちを抑え、

「分かった。それでナオミっていう人は、みゆきさんとは関係ないのか？」

待っていたように高木が言う。

「そこだよ！　ナオミはその世界では有名人だからさ。日本に帰ってもいろいろ言われるのが嫌で、彼女を知らない人には古田奈緒美という名は隠して、美春《みはる》みゆきと名乗っていたらしいぜ。美春は、ミハエルをもじったと俺は踏んでいる」

「そんなことはどうでもいいよ！」

悟はついに怒鳴ってしまったが、すぐに気を取り直した。

「わるい、わるい、せっかく調べてくれたのに。あまりにも驚いたもんだから！」

高木は気にも止めず、夢中になって、

「水島、お前もっと驚くぞ！　ナオミさんが交通事故に遭ったと言ったろ。だもんで、みゆきさんがナオミさんだったら、事故に遭ったのは、オマエが最後にみゆきさんに会ったおととしの五月二十八日以降ってことになるだろ。だから、山下が五月二十八日以降の新聞で交通事故の記事が出てないか調べたんだよ。そしたらよ、それが六月四日だったんだよ！　その日は、お前が指輪を渡して結婚を申し込もうとした当日だぞ！　五日の朝刊にちっちゃく、四日の午後六時頃、高輪の交差点付近でタクシーが信号無視のじいさんの車にぶつけられ、乗客の古田奈緒美さんが意識不明の重体で救急病院に搬送されたっていう記事があったんだ。それでもう一度、レコード会社に電話してさ、どうしてもインタビューしたいって聞いてみたんだよ」

　話の途中から悟は、まるで竜巻にでも吸い上げられたかのように、身体の自由がきかなくなってしまった。

「みゆきさんはどこにいるんだ！」

「レコード会社では教えられないって言うから、古田奈緒美のお姉さんに連絡できないかって聞いたんだけど、それも教えられないって言うんで直接、青山にあるフリッツジャパンに行ってみた」

「それでどうなった？」

　悟はどんどん早口になっていく。

「それでな、担当の長崎っていうのが出てきて、直接話してはくれたんだが、連絡先は教えられないの一点張りでさ。それでも間抜けなことに、話の途中で、かつみさんも今は大変でしょうからインタビューはたぶん無理ですよ、って言いやがったんだよ。どうやらお姉さんの名前は〈かつみ〉っていうんだなってことは分かったから、とりあえずそれで帰ってきた。で、〈古田奈緒美　姉〉って検索してみたら、国内で奈緒美さんが初リサイタルを開いたときに聴きに行った人のブログが見つかってさ。『姉・香津美さんに花束を渡されて、初めて笑顔になった』っていう文章があったんだよ。いま山下が、古田香津美っていう名前でなにかヒットしないか調べてるところだよ」

悟は、側にいる島田を無視して高木の話に集中した。

「俺もこれから調べてみるよ。ところでお前、仕事どうなんだ？」

悟は反射的に、仕事は自分がいなくてもどうにでもなる、明日にでもすぐ東京に帰る、と言って電話を切ってしまった。

おととしの六月四日の夕方、みゆきは事故に遭った――。

彼女はピアノに来ようとしていたのか？　俺がプロポーズしようと思った日に。

みゆきは俺を嫌いになったわけじゃなかった……。

工事中のエントランスの隅で悟は一人、気が抜けたように座り込み、あまりの展開にどうしていいか分からなくなっていた。

皆に怒られようが、会社をクビになろうが、明日一番で東京に帰ろうと決めた。心配そうに側に立っている島田に、どうしても明日、東京に帰らなければならない用ができたから、残りの仕事を代わって、高橋にもうまく言っておいてくれとお願いした。

何と身勝手な申し入れだと思うだろう。ところが、島田は、

「職人との話は一緒におりましたんで、だいたいは分かります。役員にはうまいこと言

うときますから……水島さんからも電話しておいてください」

と請け合ってくれた。

「ちょっと長くなりそうなんだけど、どうやって連絡取り合おうか？」

「そうですね、確認してもらわなならんところは、見てもらわなあかんし、細かい打ち合わせもせにゃなりません。あ〜そうだ、水島さんパソコン持ってはりますやろ。私のアドレスこれでっから、急なときはパソコン使ってやり取りしましょ。あとは、私がやっときますさかい、早う東京に行く準備してください」

また迷惑をかけてしまったのに、島田は文句一つ言わずにいてくれた。

すぐマンションに帰り必要な荷物をまとめていると、高木からの着信だ。逸る気持ちを抑えて、通話ボタンを押す。

高木は、名前から古田香津美さんがある大学の音楽教師と分かったので、大学に電話をして、香津美さん本人と話すことができた、と報告してくれた。

高木は悟のことを、奈緒美さんの婚約者と言ったのだという。香津美さんも時たま、妹から悟のことは聞かされていたらしく、すんなり話が通じ、ありがたいことに明日時間を割いてくれる段取りになっていた。

ただ高木の話だと、お姉さんは心配もしていたという。妹は外国人と結婚していたし、日本に帰ってきて旧姓を隠し偽名を使っていたことを、その人は知っているんですか、と聞かれたらしい。そういうことは何も気にしない奴で、名前とか昔のこととかも関係なく、みゆきさん、つまり奈緒美さんが一番大切なんだといつも言っていたと、高木特有の話し方で説得し、お姉さんとの約束を取り付けてくれたようだ。

　東京に向かう車中、パソコンを持ち込み島田にいろいろ指示を出しながら、気持ちはみゆきの事故やその後のこと、これから会うお姉さんのことで頭がいっぱいだった。お姉さんは自分を認めてくれるだろうか？　それより、みゆきの怪我はどの程度だったのか？　お姉さんは彼女に会わせてくれるだろうか？

　東京駅では高木と山下が待っていた。挨拶もそこそこに喫茶店で高木が、これまでの経緯を教えてくれた。新聞のコピーを持ってきて悟に見せ、

「ほら、六月四日夕方だろ。元ヴァイオリニストが重体。高輪でタクシーが高齢者の運転する自家用車に追突され……」

　涙がこぼれ、その記事を悟は最後まで読めなかった。高木が言うには、みゆきは近くの救急病院に搬送され、応急処置の後の精密検査で頭部の障害と下半身の麻痺がわかったのだという。今は、姉のもとから港区のリハビリ施設に通っていると教えてくれた。

　山下がつけ加える。

「タクシーの方は何の過失もなかったんだが、ぶつけたじいさんが信号が見えなかっただとか、アクセルとブレーキを間違えただとか、毎度の言い分ばかりでしょうがなかったらしい。その車、対人賠償保険に入ってなくて、一人暮らしで何も持ってないから、介護の費用が大変そうなんだ」

「みゆきさんが下半身と頭に障害?」

驚いた悟が聞くと、「うん」と高木が悲しそうにうなずいた。

押し黙る高木と山下を前に、申し訳ないとは思ったが「ちょっと仕事をさせてくれ……」と悟はパソコンを取り出して、島田と打ち合わせをした。

「ごめんな、会社としては個人の問題よりもコストや時間の方が大事なんだ」

「大丈夫、気にすんな。つらいの分かってるから……」

山下が泣き出した。

「泣くな、バカ!」

山下の頭を叩いた高木の目も、真っ赤だった。

夕方、いよいよみゆきの姉である古田香津美に会いに、高木、山下とともに大学のある吉祥寺の小さな喫茶店に向かった。

ピアノの先生だから広尾のピアノの方がよかったかなどと、どうでもいい考えも浮かんだが、気を引き締めて店に入る。

店は「サラサーテ」という、やはり音楽家の名だった。店の奥に、すぐみゆきの姉と分かる、上品な女性が座っていた。やはり姉妹らしくみゆきの面影が随所に感じられる。

挨拶を交わして話を伺うが、おおよそは高木から聞いていたことで、悟にとって重要なのはみゆきの現在の状態だった。姉は冷静に説明してくれた。

「今は車椅子生活ですが、リハビリによって介護がそんなに必要でなくなり、食事やトイレ、風呂などもある程度の補助があれば大丈夫になりました。でも、脳の障害の方はよく判りません。脳神経外科の先生がＭＲＩなどを使って定期的に調べているのですが、今のところとくに異状が見当たらず、いつ回復するか……と言って途方に暮れています。脳の仕組みはまだまだ未解明の部分が多い、と先生は正直に教えてくださったんです」

想像以上に深刻な状態だったが、悟にはなぜか希望があるようにも感じられた。何より、やっとみゆきを見つけたのだ。姉の話によると、みゆきとは高輪のマンションに住んでいたという。彼女は英語とドイツ語ができるので、友人の小さな輸入商社で働いていたらしい。

「僕はみゆきさん、いや奈緒美さんと……一緒になりたいと思っていました。もちろん、彼女が僕とのことをどう思っていたか、それは分からないのですが」

悟はそう言うと俯いた。今となっては、みゆきの気持ちを聞いておけばよかったという不甲斐なさに胸が張り裂ける思いだった。すると、姉の香津美が鞄の中から一冊のノートを取り出した。

「妹は日本に帰ってきてから、ずっと日記のようなメモみたいなものをつけていたんです。事故に遭った後に部屋で見つけて……よかったら読んでやってください」

そういうと、悟に向かってノートをすっと差し出した。人の日記を読むなんて気が引けたが、みゆきが何を考えていたのか、何を思って自分と会っていたのか、悟は知りたいと思った。目の前のノートの表紙には「２０１５」とだけ書いてあった。姉の目を見てから、悟はその少し色あせたノートを開く。

×月×日

日本に帰ってきて、九年目の冬。あまり記憶がない。なんだかただ毎日が過ぎる。

×月×日

休みの日といっても、特にすることがない。いつもピアノに来てしまう。何でもいいから習慣がないと怖いのかもしれない。いまだにピアノの音を聴く勇気もないのに、変な私。
×月×日
取引先の人に今時スマホを持ってないと仕事なんてできないよ、と言われたけれど、人と人の関係を作るのに一番大切なのは、会っている時の信頼感なんじゃないだろうか。
×月×日
今日はミハエルの命日だった。いまだにメールや電話が来る気がして消せなかった彼のアドレスと電話番号を、やっと消した。涙が出た。でも彼がツアー中に世界中からくれたメールは、もう暗記するくらい読んでいるから、いつでも思い出せる。
×月×日
今はどこに行ってもBGMが流れているけど、広尾という街には静けさがある。そこが落ち着くのかもしれない。
メモ書きのようなノートをめくりながら、悟は一人ぼっちで広尾の街を歩き、ピアノのあの席に座っているみゆきの側にいるような錯覚に陥った。できれば、この時のみゆきにすぐ会いに行って抱きしめてあげたい。悟はさらにページをめくり、悟とみゆきが出会った頃の日付を目で追う。

×月×日
今日ピアノで不思議な人に会った。なぜか懐かしい感じがした。
×月×日
ふと気づくと木曜のことを考えてしまう。約束をしたわけじゃないけれど。
×月×日
すごく忙しかったらしく、服もしわしわでヒゲが伸びていた。なんだか温もりのある人だなと思った。
×月×日
久しぶりにコンサートに行った。いったいいつ以来か。もう自分の中には音楽を受け入れる場所なんてないと思っていたのに、体に染み込んでいく気がした。
×月×日
また誰かを好きになることが、怖かったのかもしれない。でも今、会いたいと思う。

悟の目から涙がこぼれた。簡潔な文章の中にも、みゆきの立ち入り難い孤独や、それでも生きていこうとする強い意志が滲み出ていた。

「みゆきさん、いや奈緒美さんに会わせてくれませんか？」

悟は思いきって姉に聞いてみた。

「明日、病院のリハビリセンターに行きますけど……いいんですか？」

「何言ってるんですか。愛する人がどうなっていてもすぐ会いたいと思うのが男です」

急に山下が大声を張り上げた。あまりの意外な言葉に高木がびっくりしたようで、空のコップを口にしていた。

当日、病院の待合室に四人はいた。姉の案内で、みゆきのいる場所に向かう。そこは、手すりが部屋を取り巻くように設けてあり、設備は患者に合わせた高さや堅さに調整してあるという。

姉の香津美が部屋に入り「奈緒美、お客さんよ」と、窓際の車椅子に座っている休憩中の女性に声をかけた。みゆきだ！　みゆきは外を見たまま動かなかった。

高木と山下は悲しそうに彼女を見ている。悟はどうしていいか分からず、しばらくじっと彼女の後ろ姿を見ていたが、思い切ったように歩を進め、みゆきの正面に回った。そして顔を近づけ「ここ、いいですか?」と、ピアノでのデートの時のように声をかけた。

窓外を見ていたみゆきが、目をゆっくり悟の方に移す。悟の顔をしばらくじっと見ているようだったが、その目には何の感情も浮かんでいなかった。

悟はみゆきの顔を見つめる。みゆきに向けた微笑みはとうに消え、涙が溢れ出した。我慢しようにも声が出てしまう。しばらくの間、悟はみゆきの前で声を出して泣いた。立ちつくす高木、山下、香津美も泣いているようだった。

どのくらいたっただろう。急に悟の顔にみゆきが手を伸ばした。涙を拭おうとするかのようだった。

まるで湘南の海でそうされたように、いま彼女は悟の涙を拭こうとしている。悟の涙は、止まらなくなっていた。

いったいどれほど、みゆきの隣に立っていたのだろう。車椅子に手を添え、ただ幸せだった。この先どうなろうと構わない。みゆきの隣に寄り添っている自分が幸せだった。添えている悟の手に、みゆきの手が重なった。みゆきの顔を見る。前を見たままだが、口元が微笑んでいるようにも見えた。

悟は決心する。どんなことがあっても、みゆきと結婚して自分が面倒をみようと。

やっぱりみゆきは、悟にとって母であり菩薩なのだ。いつの間にか外で待っていてくれた三人に礼を言って、自分の考えを話した。驚いたのは香津美だ。

「妹を介護しながら、仕事やあなたの生活をどうするんですか?」

「自分はデザイナーです。どんな状況にも対応してきました。みゆきさんとのことは、自分の生涯をかけた最大のプロジェクトです。絶対、成功させてみせます」

そう力強く、悟は宣言した。悟の気迫に三人とも何も言えないようだった。

さすがの高木もオロオロしだし、山下はまた泣いている。

それから香津美に連れられて、リハビリ施設のセラピストに会いに行き、今後のみゆきの生活について話を聞いた。


翌日、悟は上司の岩本に会いに東京のオフィスへ向かった。事情をすべて説明し、今まで通り正社員として働くことは難しいが、なんとか在宅でできる仕事を回してもらえないか、と掛け合った。岩本は悟の手を握り、間髪を入れずに「俺に任せとけ!」と力強く言った。そんなことを岩本に言われたのは初めてだった。可笑しいやら嬉しいやらで、悟の顔は泣き笑いになってしまった。

みゆきと暮らすための準備や仕事の引き継ぎなどで、それから一か月くらいはめまぐるしく過ぎていった。

空いた時間はリハビリにも通い、できる限りみゆきの世話をした。山下の紹介で、テレビゲーム部門のプログラマーが姉妹の家まで来てくれて、パソコンを細かくプログラミングし、使い方を悟に教えてくれた。悟は大阪のホテルや東京のテナントビルの仕事を、すべてパソコンやファックスを使ってみゆきの部屋でこなした。

その間、高木は疎遠だった父親や弟に頼み、茅ヶ崎や葉山、鎌倉あたりにみゆきと生活ができて、眺めのよいマンションか一戸建ての物件がないか探してくれた。高木はしばらくすると鎌倉の高台にある、ちょっと古いマンションを見つけてきてくれた。バブル期に建設会社が大量の資金を投入したが、バブルがはじけて倒産し、不良債権化した物件だった。だが、さすがに金がかかっていて、その四階の部屋はかなり広かった。高木が親の力を借りて業者と話をつけ、介護に必要な機器を備え付けた。内装も手すりやトイレ、風呂、椅子やベッドの高さなど、細かく改装させた。

もちろん、高木の父親の会社は大赤字だったが、ローンから何から全部、面倒をみてくれた。高木が、父親から受けるであろう相続について一切、文句を言わないという条件をのんでやってくれたのだ。

再会から二か月後、みゆきとの暮らしが始まった。

みゆきが、悟のデスクの隣で窓外の海を見ている。彼女の横顔がほころんだように見えた。

その笑顔を、楽しいとか可笑しいとか、言葉で表すのは難しい。まるで仏のような、もっと大きな愛を感じさせる。子供の頃いつも団地で一人、時間を持て余し泣いていた自分を、帰って来た母が隣に座り、じっと見守ってくれている——あたかも、そんな気がした。

心から安心して彼女の隣で仕事をしている自分、あれだけ現代的な電子機器を使って仕事をするのを嫌がっていた自分が、今それらのおかげで愛する人と生活できるようになったのは皮肉な話だった。

しかし、ＡＩやコンピューター技術がいくら進歩しても、時折見せるみゆきの微笑み以上の笑顔が作れるだろうか？

俺にとって、一番美しく幸せな景色とは、微笑むみゆきの横顔である。いつか犬でも飼って新しい車を買い、みゆきと犬を乗せてどこかへ遊びに行こう。

悟はそんな未来に思いを馳せると、またコンピューターに向かった。

本書は、二〇一七年九月に書き下ろし単行本として刊行されました。

集英社文庫　目録（日本文学）

坂東眞砂子　快楽の封筒
坂東眞砂子　花の埋葬　24の夢想曲
坂東眞砂子　鬼に喰われた女　今昔千年物語
坂東眞砂子　逢はなくもあやし
坂東眞砂子　傀儡《くぐつ》
坂東眞砂子　くちぬい
坂東眞砂子　朱鳥《あかみどり》の陵《みささぎ》
坂東眞砂子　眠る魚
坂東眞砂子　真昼の心中
坂東眞理子　上野千鶴子　女は後半からがおもしろい
半村良　雨やどり
半村良　かかし長屋
半村良　すべて辛抱(上)(下)
半村良　産霊山《むすびのやま》秘録《ひろく》
半村良　石の血脈
半村良　江戸群盗伝

ビートたけし　ビートたけしの世紀末毒談
ビートたけし　ザ・知的漫才　結局わかりませんでした
ビートたけし　アナログ
東憲司　めんたいぴりり
東直子　水銀灯が消えるまで
東野圭吾　分身
東野圭吾　あの頃ぼくらはアホでした
東野圭吾　怪笑小説
東野圭吾　毒笑小説
東野圭吾　白夜行
東野圭吾　おれは非情勤
東野圭吾　幻夜
東野圭吾　黒笑小説
東野圭吾　歪笑小説
東野圭吾　マスカレード・ホテル
東野圭吾　マスカレード・イブ

東野圭吾　マスカレード・ナイト
東山彰良　路傍
東山彰良　ラブコメの法則
東山彰良　DEVIL'S DOOR
樋口一葉　たけくらべ
ひずき優　雨瀬シオリ・原作　小説　ここは今から倫理です。
ひずき優　小説　最後まで行く
備瀬哲弘　精神科ER　緊急救命室
備瀬哲弘　うつノート　精神科ERに行かないために
備瀬哲弘　精神科ER　鍵のない診察室
備瀬哲弘　大人の発達障害　アスペルガー症候群、AD/HD、自閉症が楽になる本
備瀬哲弘　精神科医が教える「怒り」を消す技術
備瀬哲弘　もっと人生ラクになるコミュ力UP超入門書
日高敏隆　世界を、こんなふうに見てごらん
一雫ライオン　小説版　サブイボマスク
一雫ライオン　ダー・天使

集英社文庫　目録（日本文学）

集英社文庫　目録（日本文学）

福田和代　緑衣のメトセラ
福田和代　梟の一族
福田隆浩　熱風
ふくだももこ　おいしい家族
福本清三 小田豊二　どこかで誰かが見ていてくれる 日本一の斬られ役 福本清三
藤井誠二　沖縄アンダーグラウンド 売春街を生きた者たち
藤岡陽子　金の角持つ子どもたち
藤島大　北風 小説 早稲田大学ラグビー部
藤田宜永　はなかげ
藤野可織　パトロネ
藤本ひとみ　快楽の伏流
藤本ひとみ　離婚まで
藤本ひとみ　令嬢テレジアと華麗なる愛人たち
藤本ひとみ　ブルボンの封印（上）（下）
藤本ひとみ　ダ・ヴィンチの愛人
藤本ひとみ　マリー・アントワネットの恋人

藤本ひとみ　令嬢たちの世にも恐ろしい物語
藤本ひとみ　皇后ジョゼフィーヌの恋
藤原章生　絵はがきにされた少年
藤原新也　全東洋街道（上）（下）
藤原新也　アメリカ
藤原新也　ディングルの入江
藤原美子　我が家の流儀 藤原家の闘う子育て
藤原美子　家族の流儀 藤原家の褒める子育て
布施祐仁 三浦英之　日報隠蔽 自衛隊が最も「戦場」に近づいた日
船戸与一　猛《たけ》き箱舟（上）（下）
船戸与一　炎流れる彼方
船戸与一　虹の谷の五月（上）（下）
船戸与一　降臨の群れ（上）（下）
船戸与一　河畔《かはん》に標《しるべ》なく
船戸与一　夢は荒れ地を
船戸与一　蝶舞う館

古川日出男　サウンドトラック（上）（下）
古川日出男　gift
古川日出男　あるいは修羅の十億年
古川真人　背高泡立草
辺見庸　水の透視画法
保坂展人　いじめの光景
星野智幸　ファンタジスタ
星野博美　島へ免許を取りに行く
干場義雅　世界のビジネスエリートは知っている お洒落の本質
干場義雅　色気力
細谷正充・編　時代小説傑作選 江戸の爆笑力
細谷正充　宮本武蔵の『五輪書』が面白いほどわかる本
細谷正充・編　時代小説アンソロジー くノ一、百華
細谷正充・編　野辺に朽ちぬとも 吉田松陰と松下村塾の男たち
細谷正充・編　新選組傑作選 誠の旗がゆく
細谷正充・編　時代小説傑作選 土方歳三がゆく

集英社文庫　目録（日本文学）

堀田善衞　若き日の詩人たちの肖像（上・下）
堀田善衞　めぐりあいし人びと
堀田善衞　ミシェル城館の人　第一部　争乱の時代
堀田善衞　ミシェル城館の人　第二部　自然　理性　運命
堀田善衞　ミシェル城館の人　第三部　精神の祝祭
堀田善衞　ラ・ロシュフーコー公爵傳説
堀田善衞　上海にて
堀田善衞　ゴヤ Ⅰ　スペイン・光と影
堀田善衞　ゴヤ Ⅱ　マドリード・砂漠と緑
堀田善衞　ゴヤ Ⅲ　巨人の影に
堀田善衞　ゴヤ Ⅳ　運命・黒い絵
穂村弘　本当はちがうんだ日記
堀辰雄　風立ちぬ
堀江貴文　徹底抗戦
堀江敏幸　なずな
本上まなみ　めがね日和

本多孝好　MOMENT
本多孝好　正義のミカタ　I'm a loser
本多孝好　WILL
本多孝好　MEMORY
本多孝好　ストレイヤーズ・クロニクル　ACT-1
本多孝好　ストレイヤーズ・クロニクル　ACT-2
本多孝好　ストレイヤーズ・クロニクル　ACT-3
本多孝好　Good old boys
誉田哲也　あなたが愛した記憶
本多有香　犬と、走る
本間洋平　家族ゲーム
前川奈緒　深谷かほる・原作　ハガネの女
槇村さとる　イマジン・ノート
槇村さとる　キム・ミョンガン　あなた、今、幸せ？
槇村さとる　ふたり歩きの設計図
万城目学　ザ・万遊記

万城目学　偉大なる、しゅららぼん
増島拓哉　闇夜の底で踊れ
益田ミリ　言えないコトバ
益田ミリ　夜空の下で
益田ミリ　泣き虫チエ子さん　愛情編
益田ミリ　泣き虫チエ子さん　旅情編
益田ミリ　かわいい見聞録
枡野浩一　ショートソング
枡野浩一　石川くん
枡野浩一　淋しいのはお前だけじゃな
枡野浩一　僕は運動おんち
増山実　波の上のキネマ
又吉直樹　堀本裕樹　芸人と俳人
町屋良平　坂下あたると、しじょうの宇宙
町山智浩　アメリカは今日もステロイドを打つ　USAスポーツ狂騒曲
町山智浩　トラウマ映画館

集英社文庫　目録（日本文学）

町山智浩　トラウマ恋愛映画入門
町山智浩　最も危険なアメリカ映画
松井今朝子　非道、行ずべからず
松井今朝子　家、家にあらず
松井今朝子　道絶えずば、また
松井今朝子　壺中の回廊
松井今朝子　師父の遺言
松井今朝子　芙蓉の干城
松井今朝子　歌舞伎の中の日本
松井玲奈　カモフラージュ
松井玲奈　累々
松浦晋也　母さん、ごめん。　50代独身男の介護奮闘記
松浦弥太郎　本業失格
松浦弥太郎　くちぶえサンドイッチ　松浦弥太郎随筆集
松浦弥太郎　最低で最高の本屋
松浦弥太郎　場所はいつも旅先だった

松浦弥太郎　いつもの毎日。　衣食住と仕事
松浦弥太郎　日々の100
松浦弥太郎　松浦弥太郎の新しいお金術
松浦弥太郎　続・日々の100
松浦弥太郎　おいしいおにぎりが作れるならば。　「暮しの手帖」での日々を綴ったエッセイ集
松浦弥太郎　「自分らしさ」はいらない　くらしと仕事、成功のレッスン
松岡修造　テニスの王子様勝利学
松岡修造　教えて、修造先生！　心が軽くなる87のことば
フレディ松川　老後の大盲点
フレディ松川　ここまでわかった　ボケる人ボケない人
フレディ松川　好きなものを食べて長生きできる　長寿の新栄養学
フレディ松川　60歳でボケる人　80歳でボケない人
フレディ松川　はっきり見えたボケの入口　ボケの出口
フレディ松川　わが子の才能を伸ばす親　つぶす親
フレディ松川　不安を晴らす3つの処方箋　認知症外来の午後
松樹剛史　ジョッキー

松樹剛史　スポーツドクター
松樹剛史　GO-ONE
松樹剛史　エアエイジ
松澤くれは　りさ子のガチ恋♡俳優沼
松澤くれは　鷗外パイセン非リア文豪記
松澤くれは　想いが幕を下ろすまで　胡桃沢狐珀の浄演
松田志乃ぶ　嘘つきは姫君のはじまり
松永多佳倫　沖縄を変えた男　栽弘義―高校野球に捧げた生涯
松永多佳倫　偏差値70からの甲子園　僕たちは野球も学業も頂点を目指す
松永多佳倫　偏差値70の甲子園　僕たちは文武両道で東大も目指す
松永多佳倫　まかちょーけ　興南　甲子園春夏連覇のその後
松永天馬　少女か小説か
松本侑子　花の寝床
モンゴメリ　松本侑子・訳　赤毛のアン
モンゴメリ　松本侑子・訳　アンの青春
モンゴメリ　松本侑子・訳　アンの愛情

集英社文庫　目録（日本文学）

丸谷才一	星のあひびき
丸谷才一	別れの挨拶
麻耶雄嵩	メルカトルと美袋《みなぎ》のための殺人
麻耶雄嵩	貴族探偵
麻耶雄嵩	あいにくの雨で
麻耶雄嵩	貴族探偵対女探偵
眉村卓	僕と妻の1778話
まんしゅうきつこ	まんしゅう家の憂鬱
三浦綾子	裁きの家
三浦綾子	残像
三浦綾子	石の森
三浦綾子	ちいろば先生物語(上)(下)
三浦綾子	明日のあなたへ 愛するとは許すこと
みうらじゅん	とんまつりJAPAN 日本全国とんまな祭りガイド
みうらじゅん 宮藤官九郎	どうして人はキスをしたくなるんだろう?
みうらじゅん 宮藤官九郎	みうらじゅんと宮藤官九郎の世界全体会議
三浦しをん	光
三浦しをん	のっけから失礼します
三浦英之	五色の虹 満州建国大学卒業生たちの戦後
三浦英之	南三陸日記
三浦英之	水が消えた大河で ルポJR東日本・信濃川不正取水事件
三浦英之	帰れない村 福島県浪江町「DASH村」の10年
三木卓	柴笛と地図
三崎亜記	となり町戦争
三崎亜記	バスジャック
三崎亜記	失われた町
三崎亜記	鼓笛隊の襲来
三崎亜記	廃墟建築士
三崎亜記	逆回りのお散歩
三崎亜記	手のひらの幻獣
三崎亜記	名もなき本棚
水上勉	故郷
水上勉	働くことと生きること
水谷竹秀	日本を捨てた男たち フィリピンに生きる「困窮邦人」
水谷竹秀	だから、居場所が欲しかった。 バンコク、コールセンターで働く日本人
水野宗徳	さよなら、アルマ 戦場に送られた犬の物語
未須本有生	ファースト・エンジン
水森サトリ	でかい月だな
三田誠広	いちご同盟
三田誠広	春のソナタ
三田誠広	永遠の放課後
道尾秀介	光媒の花
道尾秀介	鏡の花
三津田信三	怪談のテープ起こし
美奈川護	ギンカムロ
美奈川護	弾丸スタントヒーローズ
美奈川護	はしたかの鈴 法師陰陽師異聞
湊かなえ	白ゆき姫殺人事件

集英社文庫

アナログ

2023年 6 月25日　第 1 刷　　定価はカバーに表示してあります。

著　者　ビートたけし

発行者　樋口尚也

発行所　株式会社 集英社
東京都千代田区一ツ橋2-5-10　〒101-8050
電話　【編集部】03-3230-6095
【読者係】03-3230-6080
【販売部】03-3230-6393(書店専用)

印　刷　図書印刷株式会社

製　本　図書印刷株式会社

フォーマットデザイン　アリヤマデザインストア　　マークデザイン　居山浩二

本書の一部あるいは全部を無断で複写・複製することは、法律で認められた場合を除き、著作権の侵害となります。また、業者など、読者本人以外による本書のデジタル化は、いかなる場合でも一切認められませんのでご注意下さい。

造本には十分注意しておりますが、印刷・製本など製造上の不備がありましたら、お手数ですが小社「読者係」までご連絡下さい。古書店、フリマアプリ、オークションサイト等で入手されたものは対応いたしかねますのでご了承下さい。

© T.N GON Co.,Ltd. 2023　Printed in Japan
ISBN978-4-08-744506-0 C0193